Ronso Kaigai
MYSTERY
269

消える魔術師の冒険

聴取者への挑戦IV

Ellery Queen
The Adventure of
the Vanishing Magician
And Other Radio Mysteries

エラリー・クイーン

飯城勇三［編訳］

論創社

THE ADVENTURE OF THE VANISHING MAGICIAN
AND OTHER RADIO MYSTERIES
by Ellery Queen
(2021)
Edited by Yusan Iiki

目次

見えない足跡の冒険　5
不運な男の冒険　37
消える魔術師の冒険　69
タクシーの男の冒険　103
四人の殺人者の冒険　135
赤い箱と緑の箱の冒険　167
十三番目の手がかりの冒険　199

舞台版「13番ボックス殺人事件」紹介　253

解説　266

お茶の間の安楽椅子探偵のみなさんは、今夜の謎を解くのに頭を悩ませるでしょうね。というのも、今回の解決の要《かなめ》は、手がかりにあるのではなく、手がかりが存在しないことにあるのです。ぼくはこの物語をこう呼びました——

見えない足跡の冒険

The Adventure of the Invisible Footprints

登場人物

探偵の　エラリー・クイーン
その秘書の　ニッキイ・ポーター
エラリーの父親で市警本部の　クイーン警視
クイーン警視の部下の　ヴェリー部長刑事
ホーン汽船運輸会社社長の　ギデオン・ホーン
ギデオンの甥の　スタンリー・ホーン
ギデオンの甥の　ロジャー・ホーン
ギデオンの姪の　ダイアナ・ホーン
ホーン家の使用人の　ハッチンズ

放送　一九四三年十二月三十日
場面　ホーン家の母屋と離れ

第一場　ホーン家、夜

（音楽が高まり……そこに）

ギデオン　（電話の最中）ああ、その部分は電話できみに口述するつもりだ。準備はいいか？……さて、一番上は、わしの名前だ——ギデオン・ホーン船長……それでいい。二行目は——（離れた位置でドアが開く。離れた位置でダイアナとロジャーの陽気なアドリブ）切らずに少し待っていてくれ——ダイアナ、ロジャー、入りたまえ——（離れた位置でドアが閉まる）——この電話を終えるまで座っていたまえ——（二人のアドリブの声が近づく）わが姪と甥の帆柱が視界に入ったものでね。どこまで進んだかな？　おお、そうだった——「ギデオン・ホーン船長」。二行目——「船のキャビンボーイから〈ホーン汽船運輸会社〉の創業社長になった男」。では、読み上げてくれ。

ダイアナ　（笑いながら）ギデオン叔父さんが、ご自分の角笛《ホーン》を吹いているわ。わかるかしら、ロジャー？　「角笛《ホーン》」——ホーンよ！

ロジャー　（小声で）やめるんだ、ダイアナ。ご老体のしかめっ面を見たところ、きみの幼稚な笑いを聞いている気分じゃなさそうだ。

ギデオン　（電話に向かって）それでいい。それから一行下に――「良き船と深き海を愛する大海原の男……」。何だ？　ああ、日付けか。「生年一八七四――没年……（気味の悪い口調で）一九四四」。
ロジャー　没年が一九四四年だって！
ダイアナ　（ぎょっとして）あなたが――ギデオン叔父さんが？　だって、あなたはまだ――
ギデオン　ありがとう。それでは！（電話を切る）
ロジャー　叔父さん、あなたが死ぬって、何の話ですか？
ダイアナ　あなたは今、何を口述していたの？
ギデオン　（気味の悪い口調で）わしの墓石に刻む碑文だよ、ダイアナ。
ダイアナ　墓石ですって！（中途半端な笑い）ロジャー、これって、どういうことなの？
ロジャー　おれにもわからないよ、ダイ。ギデオン叔父さん、あなたは七十歳ですが、若い頃と変わらず健康で――
ギデオン　そうではないのだ、ロジャー。（離れた位置でドアが開く）おお、スタンリーか。
スタンリー　（近づきながら）薬の時間ですよ、ギデオン叔父さん。
ギデオン　（むっつりと）わしを苦しめることしかできんのかね、なあ、スタンリー？　いや、二人とも、助けはいらんよ。よかろう、こいつを飲むとするか……
ダイアナ　スタン従兄《にい》さん、叔父さんは何の話をしているの？
ロジャー　あんたは叔父のかかりつけの医者だろう、スタンリー――この人が死ぬとかいうたわごとは何なのだ？

スタンリー　私は、そいつが事実になるのを恐れているのさ、ロジャー。（ダイアナとロジャーは当惑したアドリブ）ギデオン叔父は、きみたち二人を心配させるつもりはなかったのだよ。私は今週、自分の診断と見込みを確認するために、三人の専門家を呼んだのだが――

ギデオン　そして、連中は確認したのだよ。ダイアナ、ロジャー、問題は心臓だ。わしは間もなく死ぬだろう。（二人はショックを受けたアドリブ）そう、思ったより早く。来月か。来週か。今日ということもあり得る……だろう、スタンリー？

スタンリー　ええと……そうです、叔父さん。（ダイアナが泣き出す）

ロジャー　（低い声で）おれたちと話したかったのは、それが理由だったのですね、ギデオン叔父さん。

ギデオン　そうだ、ロジャー。だが、それとは別の用件もある。（少しいらだたしげに）ダイアナ、泣くのをやめるのだ。

ダイアナ　（つらそうに）ご――ごめんなさい、叔父さん、あたし――

ギデオン　おまえたち三人とも、聞きなさい。この世でわしの親族は、おまえたちだけだ。今はなき、わしの三人の兄が残した子供たちだけなのだ。おまえたちの父親が貧しいまま死んだ後、わしはおまえたちに正しい行いをしようとしてきた。そうだろう？

スタンリー　あなたは立派でしたよ、叔父さん――

ギデオン　わしは、おまえたち全員をわが家に引き取った。わしは、おまえたち全員を大学に行かせた。スタンリー、おまえは医者になりたがっていたな。だから、わしはおまえを最高の医学校に行かせた——

スタンリー　（控えめに）そうです、叔父さん。そして、あなたは私に、この家の中にオフィスを置くことを認めてくれて——すばらしい診療所を開くことができました。あなたには感謝しています。

ギデオン　ロジャー、わしはおまえを〈ホーン汽船会社〉に入れて——おまえにあらゆるチャンスを与えてきた……

ロジャー　（控えめに）そうです……そして今、おれはあなたの次席社員です、ギデオン叔父さん。

ギデオン　（ずっとやわらかい口調になって）ダイアナ、おまえは——

ダイアナ　（すすり泣きながら）わかっています、叔父さん。あなたはあたしをヨーロッパに行かせてくれて——社交界にデビューさせてくれて——あたしは自分では指一本動かす必要はなく——

スタンリー　私たちはすべてをあなたに負っているのです、ギデオン叔父さん。

ギデオン　（そっけなく）みんな、そう思ってしかるべきだな、そうだろう？　わしは見返りは何一つ求めなかった。だが、おまえたちには、わしが誇れるような、公平で正直な人間であることは求めたな。

ロジャー　（困惑して）でも——あなたは誇れないのですか、叔父さん？

ギデオン　おまえたちの二人については――誇れる！　だが、おまえたちの一人は、悪人であることが判明したのだ。おぞましい悪人だ。（他の三人の困惑したアドリブ）

ダイアナ　それは誰なの、叔父さん？　あたしにはわからないわ。

ギデオン　（落ち着いて）それが誰なのか、わしが言っているやつにはわかっておる。

スタンリー　でも――そいつは何をやったのですか？

ギデオン　（けわしい声で）恥ずべき、不正直なことだ、スタンリー――牢に入れられて当然のことだよ。そして、わしはその被害者だ――わしの親族の一人による被害者だ――わしがあれもこれも与えたやつによる被害者だ！

ロジャー　ギデオン叔父さん、あなたは――正しいのですか？　おそらく――

ギデオン　（けわしい声で）「おそらく」ではないのだ、ロジャー。わしは正しい。今までわしは、財産をおまえたち三人に、平等に分配するつもりだった。だが、今や、わしの信頼を裏切ったその一人は、相続人から外して一ペニーも与えないことにした！（他の三人はアドリブで反応する）いや、わしの決心は固い。そして、これで終わりではない。わしが見つけた証拠は、引き渡すつもりだ……警察に。

ダイアナ　警察！　叔父さん、スキャンダルに――大変なことに――

ギデオン　（そっけなく）わしにとっては、大変なことになろうがなるまいが、どうでもよいのだ、ダイアナ。（ぞっとするような、くつくつ笑い）わしは墓場に行くのだからな。（きっぱりと）そこを開けろ。

ダイアナ　でも叔父さん、どこへ行くの？
ギデオン　〈船長室〉だ。母屋の裏手に一部屋だけの小さな建物を作らせた——船室の内装と舷窓、船舶の帆柱を備えている——こんな目的のために使うようになるとは考えてもみなかったが。だが、そこがわしの向かう先だよ。新しい遺言状と警察への手紙を書くのでな。
ダイアナ　でも、こんな天気の中、外に出るべきではないわ！
ロジャー　雪はさっきやみましたが、叔父さん、一フィートも積もっていますよ！
スタンリー　ギデオン叔父さん、あなたの主治医として、この家から外に足を踏み出すことを禁じます。肺炎になってしまいますよ！
ギデオン　（そっけなく）ほどなくポックリ逝《い》きそうな男は、肺炎など恐れたりはしないよ、スタンリー。（きっぱりと）わしの進路を妨げるな、おまえたち三人とも！　わしは船長室に行くのだし——何であろうが——邪魔されることは望まん。わかったな！

第二場　同じ場所、三時間後

（音楽が高まり……そこにヒューヒューという風の音が割り込み……パチパチという炎の音も割り込む）

ロジャー　（むっつりと）薪をもっと暖炉にくべてくれ、スタン。
スタンリー　いいとも、ロージー。（暖炉に薪が投げ込まれる音）なぜ三人で、ここに座って他の二人をにらみつけていなくてはならないのか、私にはわからないな。やれやれ、もしギデオン叔父が、私たちの一人が何かペテンをしたことを突きとめたなら、なぜそれを公表しなかったのかな？

ダイアナ　まあ、あの人は昔気質《かたぎ》だから――秘密主義者で、自分のやり方に固執するのよ、スタンリー。でも、どうして船長室から戻って来ないのかしら？

ロジャー　今、何時だ？

スタンリー　午後十時になったところだよ、ロジャー。

ダイアナ　あの人、三時間も行ったきりよ！

ロジャー　みんなで船長室まで歩いて行って、中をのぞいた方が良いと思うのだが、スタン。おまえが自分で言っていただろう、あの人の体調は……

スタンリー　そうだな。だが、「邪魔をするな」という指示に背《そむ》いたら、ロージー、あの人はかんしゃくを起こすだろうな――そして、感情的な高ぶりは、致命的な心臓発作を引き起こしかねない。どうすればいいか、わからないな――（離れた位置でドアが開く）

ダイアナ　叔父さん？　あら、ハッチンズ！　ねえ、何があったの？

使用人　（近づきながら）市警本部のクイーン警視です、ダイアナさま。ホーン船長にご用があるそうで。

三人そろって　警察！

警視　（すばやく近づきながら）さよう、警察です！　お邪魔してもかまいませんな。きみは――

ハッチポッジ（ごった煮《ごった煮》）だか、何かそんな名前だったな――下がってよろしい。（使用人はアドリブをしながら足早に遠ざかる）

スタンリー　もう一人も警官か？

ヴェリー　ええ――で、おたくは誰ですかね？

スタンリー（神経質に）私は医師のスタンリー・ホーン。ホーン船長の甥だ。

ロジャー（同じように神経質に）おれは船長のもう一人の甥、ロジャー・ホーンだ。そして、こっちは船長の姪のダイアナ・ホーン。

警視　叔父さんはどこですかな、ミス・ホーン。

ダイアナ　三時間前、この家の裏手にある船長室に、歩いて行きました――

ヴェリー　船長室？

ロジャー　叔父が建てた小さな掘っ立て小屋で――船の船長室みたいな――備え付けがされています。

スタンリー　でも警視、なぜここに来たのですか？　ギデオン叔父があなたを呼んだのですか？

警視（落ち着いた声で）ああ、彼が今朝、わしに電話をしたことを、きみたちは知らないのだな。さよう。彼はわしに電話をかけてきて――話したのだ。新しい遺言状と、きみたちの一人が仕事だか何かでやったペテンに関する――証拠を添えた――供述書を書いている、と。

ダイアナ（すばやく）警視さん、叔父はあなたに話さなかったの？……それが三人のうちの誰なのかを。

警視　いや、話さなかったな――わしがここに着いたら話す、と言っておった。だからきみたちは、ヴェリー部長とわしが着いたことを、ホーン船長に知らせた方が良いだろうな。

ヴェリー　ホーンさん、船長室には母屋から電話を引いていませんかね？　もしそうなら、彼に電話をしたらどうですか。

ロジャー　ええ。ええ、もちろん引いていますよ。（受話器を取り上げる。ダイヤルして待つ）

警視　何か問題でも、ホーンさん？

ロジャー　（ゆっくりと）叔父が出ないのです。

エラリー　（離れた位置で）電話に出ない？（近づきながら）おかしいですね、お父さん。

警視　おお、エラリーか。おまえは、ヴェリーとわしを乗せてここまで車を出すと言い張っていたが、どうやらそれは正しかったようだな。

エラリー　ええ、ぼくは、こいつは危険な状況だと考えたので。ニッキイも入りたまえ。

ニッキイ　（近づきながら）でも警視さん、ホーン船長は心臓が悪いって言っていませんでしたか？

警視　（心配そうに）そうだ、ニッキイ。わしは今すぐ船長室を見に行った方が良いと思う。

ダイアナ　でも、ギデオン叔父さんは、邪魔されたくないと言っていましたけど！

ロジャー　あの人は怒り狂うでしょうね。

スタンリー　それは、叔父の心臓にかなりの悪影響を及ぼすことになるでしょうね、警視――

警視　わしが責任をとるよ、ホーン先生。

スタンリー　それなら、私は診察鞄を持って、あなたに同行した方が良いだろうな。
エラリー　そうですね、先生。ぼくも、あなたにそうしてもらった方が良いと思いますよ。（むっつりと）こんな特殊な状況のもとで……ぼくたちが何を見つけるかなんて……予想もつかないな。

第三場　母屋と船長室の間、すぐ後

（クイーン一行とホーン医師は、雪を踏み分けながら、母屋から少し離れたところにある小さな〈船長室〉に向かっている……風が吹きすさぶ中を。風の音を小さくする。足が雪を踏み分けるサクサクという音）

ニッキイ　雪の上の月明かりが綺麗じゃなくって？
警視　（そっけなく）それだけではないぞ、ニッキイ。役に立つ。エラリー、母屋から船長室までの雪の上に残された、この足跡を見てみろ。
ヴェリー　くっきり残っていますな。
エラリー　ホーン船長の足跡ですね。今夜の七時につけられたものです。彼がこのコースを歩いて行ったときは、吹雪はおさまっていましたから。これは、ホーン船長の足跡でなければなりません。なぜならば、これは、雪の上にある唯一の足跡だからです。
スタンリー　ここが船長室です、みなさん。

ニッキイ　でも――真っ暗だわ！
ヴェリー　妙ですな。
スタンリー　なぜギデオン叔父さんが明かりをつけなかったのか、わかりませんね。たぶん、あの人はもう、ここにはいないのでしょう。
警視　彼は中にいなければならないのだ、ホーン先生――足跡がドアの前まで続いておるからな。
エラリー　そうです。しかも、立ち去る足跡はどこにも見当たりません。ヴェリー、船長室のドアを試してくれ。
ヴェリー　よっしゃ。（ドアを開けようとする。きしみながら開いていく）開いてますな……
警視　入るぞ。

第四場　船長室、すぐ後

ニッキイ　中は真っ暗だわ。（つまずきながら入る）
警視　ヴェリー、この戸口のところで立っていろ。動くなよ。（ヴェリーはアドリブで応じる）ホーン先生、明かりのスイッチはどこですかな？
スタンリー　ドアのすぐ右です、警視。
エラリー　ぼくがつけますよ、お父さん。（カチリ）明かりがつかない！
警視　もう一度やってみろ、せがれ。（エラリーのアドリブと、再び「カチリ」）相変わらずつかないな。この建物に引き込んである電線が、吹雪で切れてしまったに違いない。

エラリー　（鋭く）動かないで！（一同、アドリブで反応）あっちを見てください！

スタンリー　どこを？　この暗い穴蔵では何も見えませんが――（他の者も同じようなアドリブ）

エラリー　そこに――開いている小さな丸窓の下に――開いた舷窓の下に――月明かりが弱く差し込んでいるところに――見えませんか？（効果音をはさむ）

ニッキイ　（悲鳴をあげる）

警視　人の体だ！　ヴェリー、戸口から離れるな！（暗闇の中をつまずきながら進む）エラリー――おまえの懐中電灯を！

エラリー　ちょっと待ってください、お父さん。ぼくがつけます――（小さな「カチッ」。ここまでとは別の効果音をはさむ）

スタンリー　（押し殺したような声で）あれはギデオン叔父さんです。

ニッキイ　でも、あの人、真っ青で――声も立てないで――

エラリー　彼は死んでいます。

スタンリー　私に見せてくれ、クイーン君！（エラリー「どうぞ、先生」）そう、叔父は死んでいる。間違いない。

ニッキイ　心臓発作ね。

スタンリー　（妙な口調で）残念ながら、違いますよ、ポーターさん――

警視　違うな。額に銃弾の穴がある。エラリー、懐中電灯でこのあたりの床を照らしてくれ――

ヴェリー　ハジキがありますぜ、警視！　部屋の反対側のあそこに転がっています！

警視　（少し声が近づく）おまえの懐中電灯を、銃に向けたままにしておけ、せがれ。（離れた位置で）四五口径で――消音器付きだ。用心深いやつだな。（他の者はマイクの近くでアドリブ。声が近づく）ヴェリー、この拳銃をただちに鑑識の弾道係に回せ。（ヴェリーはアドリブで応じる）

エラリー　（冷静に）それと――部長。（ヴェリーはアドリブで応じる）ロジャー・ホーン、ダイアナ・ホーン、それに、ここにいるホーン先生は――そう――母屋から出ないようにしてくれ。

第五場　母屋、しばらく後

（音楽が高まり……離れた位置でドアが開く音が割り込む）

警視　どうだった、ヴェリー？　弾道係の報告では、何と言っておる？

ヴェリー　（近づきながら）あたしらが見つけた消音器付きの四五口径が、ホーン船長を殺した銃でした。以上。

エラリー　検死官の報告はどうだ、部長？

ヴェリー　ホーン船長は、今夜の七時を二、三分過ぎたあたりで、撃たれて即死したとのことです。

ニッキイ　わたしは自殺した方に賭けるわ。

エラリー　あり得ないよ、ニッキイ。もし彼が自分を撃ったとすると、額には火薬による火傷の跡が見つかるはずだけど――そんなものはなかった。
警視　それに加えて、拳銃は船長室を横切った位置にあっただろう、ニッキイ。即死した人間は物を放り投げたりはしない。
エラリー　疑いの余地はありませんね。これは殺人です。
警視　となると、殺人者はロジャー・ホーンか、ホーン医師か、ダイアナ・ホーンの誰かだな――誰かはわからんが、ホーン老船長が遺言状から外し、世間に罪をさらすつもりだったやつだ。
ヴェリー　そいつは、船長室までじいさんの後を追って行き、ドアを開けて――鍵はかかっていなかったのを覚えているでしょう――
ニッキイ　そして犯人は、舷窓みたいな窓の前にホーン船長が立っているのを見て――船長はまだそこに数分しかいなかったので、何かを書く余裕はなく――
警視　そして犯人は、四五口径で老人を撃ち――消音器が母屋の他の二人に銃声が聞こえるのを防いで――
ヴェリー　それから、ハジキを床に放り投げて、ドアを閉めて、船長室から母屋にこっそり戻った。何食わぬ顔をして!
警視　単純な事件だな――わしらがやらねばならんことは、母屋から船長室までホーン船長の後を追ったのが三人の中の誰かを突きとめることで、それがすべてだ。
エラリー　単純ですかね、お父さん?　まったくもって、単純ではありませんよ。

警視　だが、エラリー——

エラリー　殺人に用いられた銃が船長室の中にあったということは、殺人者もそこにいたことを意味します。しかし、殺人者はどうやって船長室に行ったのでしょうか？

ニッキイ　だって、犯人はただ単に、母屋から雪の中を、ホーン船長の後を追っただけじゃないの、エラリー。

エラリー　それなら犯人は、ホーン船長のように、雪の上に足跡を残すことになるね。その足跡はどこにあるのかな？

警視　（ぽかんとして）まさしくその通りだ。あの雪の上には一人分の足跡しかなかった——ホーン船長の分しか。

エラリー　まさしく。（ヴェリーがゲラゲラ笑う）どうしてはしゃいでいるのかな、部長？

ヴェリー　どうしてって、簡単なことじゃないですか、大先生《マエストロ》。殺人者はホーン船長の後を追ったのではなく——先に船長室に行っていて——じいさんより前に行っていて——待ち伏せしていたのですよ！

ニッキイ　雪がまだ降っている間に歩いて行く——そうすれば、犯人の足跡は雪でおおわれてしまうわ！

エラリー　それでは、ホーン船長の殺人者は、犯行の後、どうしたのかな？　船長室に残ったのか？　いいや、ぼくたちが到着したとき、そこには死者しかいなかったことを確かめたじゃないか。

警視　（ぶつぶつと）そして、わしらの目をかいくぐって逃げた者もおらん。わしがヴェリーに、戸口に立っているように命じたからな。……そう、犯人はわしらが船長室に着く前に、そこを立ち去っていなければならん……。

エラリー　かくして、ぼくは再び質問することになります。殺人者が船長室を立ち去るときにつけた足跡は、どこにありますか？

ヴェリー　船長室のまわりのどこにも、じいさん以外の足跡は一つも見つからなかったというのは、事実ですな。

警視　（不意に）思いついたぞ。犯人は〝スノーシュー（「西洋かんじき」と呼ばれる短いスキーのような板がついた靴）〟を使ったのだ。（うなる）駄―目―か！　スノーシューでも跡は残るが、その痕跡もなかった――どんな種類の痕跡もなかった！

ニッキイ　待って。わかったわ！（一同、アドリブで反応）殺人者はとても狡猾だったのよ。母屋と船長室の間を足跡を残さずに去ることができたのは、犯人が、船長の足跡の上を歩いたからだわ！

ヴェリー　（間髪容れず）それですな。

警視　（うなりながら）どう見ても、それではないぞ、ヴェリー。

エラリー　そう、違うよ。ニッキイ、もしきみが、ホーン船長の雪上の足跡の状態を調べてみれば、重なった足跡は見つからず、部分的に重なった足跡も一つもないことに――どんな形であれ、足跡の内側に足跡があるものも、足跡の外側に足跡があるものも一つもないことに――きみは気づいただろうね。

警視　足跡の上や中を歩くことは、どうしても、何らかの痕跡を残さずにはできないのだ、ニッキイ——そして、そんな痕跡はなかった。

ニッキイ　わかりましたよ。それなら、わたしに教えてちょうだい——殺人者はどうやって船長室に立ち入って、どうやって立ち去ったの？　一フィートもの深さの雪の中、足跡を残すことなく。

ヴェリー　犯人は空を飛べなかったわけですからな。どうすれば可能になるのですかねえ？

エラリー　（考え込みながら）にもかかわらず、それは実行されたわけだ。いやいや、お父さん、これは楽な事件ではありませんよ。どうやら、ぼくたちがこれまで取り組んだ中で、もっとも厄介な事件であることが明らかになったようですね！

第六場　図書室、しばらく後

（音楽が高まり……そこに、ホーン家の三人による神経質なアドリブの声が割り込む）

ヴェリー　さあ、図書室に着きましたぜ、みなさん。お三方に、警視がご挨拶したいそうです。

ダイアナ　（かん高い声が近づく）なぜあの人たちがあたしと話をしたいと思うのか、わからないわ！

スタンリー　（怒り狂う）こいつは、私の仕事を楽しくないものにしてしまうだろうな！

ロジャー　（神経質に）一つだけわかっていることがある。おれはあの人を殺していない。

警視　（声が近づく）殺していないのかね、ロジャー・ホーン。よかろう、それではわしに話したまえ。きみの叔父さんが今夜七時にこの母屋を出て、五十フィート離れた船長室まで雪の中を突っ切って行ったとき――きみは何をしていたかな？

ロジャー　おれは何をしていたか、だって？　ええと、おれは……おれは何をしていたかな。あんたの前だと落ち着けないじゃないか！（大あわてで）何をしていたか、何をしていたか……（ほっとして）ああ、そうだった！　おれはこの部屋に――図書室に来た。本を読んだのさ。そう、その通り。本を読んでいたな。それが、おれがしていたことだよ。スタンに訊いてくれ。ダイアナに訊いて……

エラリー　ダイアナさん、あなたの従兄《いとこ》のロジャーは、今言った通りのことをやっていましたか？

ダイアナ　（困惑して）わかりません。あたしは――ええと、二階の自分の部屋に上がったので。すっかり混乱していたので――一休みするために――

エラリー　ホーン先生。あなたは、従弟《いとこ》のロジャーがこの図書室に入るところを見ましたか？あるいは、従妹《いとこ》のダイアナが二階に上がるところは？

スタンリー　（当惑して）実を言うと、クイーン君――（弱々しく笑う）見ていないのだよ――私は自分の職場に行っていたのでね。知っての通り、私はこの家に自分の診療所を持っている。そこで、いくつかの病歴をチェックしていた。つまり、そのう、私は――

警視　（皮肉っぽく）おお、結構なことではないか。言い換えると、きみたちはそれぞれが、この家のそれぞれ別の部屋にいて、一人きりだったわけだ。――わしらが、きみたちの一人が叔父の後を追って、雪の中を突っ切って船長室に行き、彼を撃ち殺したと見なしている時刻には！

ヴェリー　だとすると、こいつらの一人は嘘をついていることになりますな。

エラリー　（おだやかに）そうだ、部長。（そっけなく）ぼくは、あなたがた全員に求めるべきだと確信しています――二階に上がって自室に行き――許可なくそこから出ないことを。

ダイアナ　（遠ざかりながら涙声で）でも、あたしは嘘をついていないのに――　（ロジャーとスタンリーも同じようなアドリブをしながら遠ざかる。離れた位置でドアが閉まる）

ヴェリー　あの三人は、誰一人として、じいさんを撃つことはできなかったわけだ。

ニッキイ　わたしたち、何をすればいいの？　外は吹雪《ふぶ》いてきたし、もう、こんなに遅い時間だし。

警視　（むっつりと）わしは、ホーン老船長の殺人者と一緒でなければ、この家を出るわけにはいかん。ヴェリー、さっさと使用人頭をつかまえて、わしらのために寝室を手配するように伝えろ――ここで夜を過ごすぞ！

第七場　ホーン家の一階、しばらく後

（音楽が高まり……そこに大時計が二度鳴る音が割り込む。続いて用心深く廊下を歩く音が割り

込む）

警視　（小声で）おまえも眠れなかったのか、ヴェリー？

ヴェリー　ええ。ずっと幽霊を眺めていましたよ——雪の上で踊っている姿を。

警視　（吐き捨てるように）あの足跡か！（うんざりしたように）他の連中を起こさないように、図書室の中に入るとするか。（ヴェリーはアドリブで応じる。二人の足跡が停まる。ドアが開く音）

ヴェリー　（緊張した声で）警視、中に誰かいますぜ。明かりもつけずに！

警視　煙草を吸っているぞ！（鋭い声で）そこにいるのは誰だ？

エラリー　（離れた位置で）やあ、お父さん。撃とうなんて思わないでくださいよ。（ヴェリー「大先生か」）部長、きみの右手側に明かりのスイッチがあるはずだ。

ヴェリー　（カチリ）〈帰郷週間（故郷をしのぶ週間）〉ですな。

警視　おまえも眠れなかったのか、せがれ？

エラリー　（近づきながら）一睡も。それで、着替えて図書室まで降りてきたわけです。死ぬほど頭を絞りながら、暗闇の中を歩き回っていましたよ——それでも、何も得られませんでしたが。

ニッキイ　（離れた位置で、こわごわと）あの——わたしも入ってかまわないかしら？

エラリー　（くすくす笑いながら）ニッキイ！（警視とヴェリーはアドリブで反応）ぼくたちは定員に達したようですね。

ニッキイ　（近づきながら）わたし、眠れなくて。ずっと自分に問いかけていて——どうしたら人間が、雪の上に足跡を残さずに歩いて行けるのかしら？（間を置く。それから全員が笑う）

警視　（いまいましげに）その通りだな。

ヴェリー　ああ……そうですな。（みんなの笑い声が弱々しくなる）

警視　（情けなさそうに）不可能だ……

ヴェリー　ですが、犯人はやってのけた。

エラリー　不可能だが、犯人はやってのけた……そう……

ニッキイ　エラリー、どうしてあなたは、その窓から外を見ているの？　外は真っ暗で、何も見えないじゃないの。

エラリー　何が起こったのか、思い描こうとしているのさ、ニッキイ。ホーン老船長が一フィートの深さの雪を踏みしめて、船長室に入り込む姿が見える。そして、それから……何者かが……彼の後を追って……

警視　（そっけなく）ああ。そして、足跡を残さずに立ち去っていく。（うめく）こいつのせいで、わしの頭はどうにかなりそうだ！（エラリーが叫ぶ）どうした、エラリー？

ニッキイ　何があったの？

エラリー　（鋭く）外で今、明かりがともった！（他の三人は「どこだ？」「どいてください！」「わたしにも見せて！」）

警視　丸い光だ――舷窓の形だ――エラリー、あれは船長室の明かりだ！

ニッキイ　でも警視さん、あなたは「吹雪で船長室の電線が切れた」と言ったと思ったけど。それにエラリー、あなたは船長室の明かりのスイッチを二度も押したけど、明かりはつかなかったでしょう――

エラリー　（緊張して）ぼくたちは間違っていた！――電線は切れていませんでした。母屋にある基幹の配電盤で操作されたのです！

ヴェリー　誰かがこの家の地下で、船長室の電源を操作するスイッチを切ったのですな！

警視　犯人だ！　そして、そやつは今、またしても地下室に降りた――船長室の電源を「入《オン》」にするために。犯人は今、地下にいる！　行くぞ！（全員が駆け出す）

ニッキイ　（走りながら）でもエラリー、どうして真夜中に電源を入れる必要があったのかしら？

エラリー　（同じく走りながら）なぜならば、ニッキイ、犯人は船長室の照明機能を通常の状態に戻したかったからだよ！　犯人は、自分は安全だと思っていた――ぼくたちはみんな、階上《うえ》で眠っていると思っていたのさ！

ヴェリー　地階へのドアだ！（手早くドアを開ける）

警視　そこは物置だ、このドジ！　こっちのドアだ！（ドアを開ける）よし――地下室に続いているな。明かりはどこだ？　これか！（カチリ。木造の階段を降りるガタガタという音）

第八場　ホーン家の地階、すぐ後

エラリー　（ガタガタという音にかぶせて）もしぼくたちが、今夜、誰も起きていなかったら――こいつに気づくことは、決してなかったな！（ガタガタという音がやむ。間を置く）

ニッキイ　地下《した》には誰もいないわ。
警視　間一髪、逃げられたか。くそっ。
ヴェリー　ですが、どうやって？　犯人がこの階段を上って来たら、あたしらに見つかるはずじゃないですか！
エラリー　いや、部長——もう一つ階段がある——向こうだよ——犯人はあれを使って逃げたのだ——
ヴェリー　だったら、行きましょうや！
警視　（うんざりしたように）どこに行く？　ここまでに、犯人が二階に上がってベッドに潜り込むのには充分すぎる時間があったではないか。——それで、どうすれば、三人のホーンの中にいる犯人を問い詰められるというのだ？　わしらはボートを失ってしまったのだよ（「チャンスを逸した」の意味）。
エラリー　（少し離れた位置で）お父さん、ここに基幹の配電盤があります。（一同、アドリブで反応。〝金属製の〟扉が開き、エラリーの声が近づく）よし、どのスイッチにもラベルが貼ってあるな。船長室……船長室……
ニッキイ　そこにあるわ。「船長室」って。
警視　そして、スイッチは「入《オン》」だな。
エラリー　なぜならば、殺人者がたった今、スイッチを入れたからです。このスイッチが完全に正しく作動するか、念のために確かめてみましょう。ぼくはこのスイッチを「切《オフ》」にします——（スイッチを切る）——これで、ここから船長室に出ている電流が切れるはずです。部長、ぼくたちが階上《うえ》の図書室に戻って、窓から船長室を見ることができるようになるまで、ここで待っていてくれないか。それからあらためて、船長室のスイッチを「入」に切り替えてくれ。階上に行きましょう、お父さん！

第九場　ホーン家の図書室、すぐ後

（音楽が高まり……そこに）

警視　ヴェリーのやつめ――！　三人が地下から一階に行くのにどれくらいかかると思っておるのだ？

ニッキイ　どうして部長さんは、船長室のスイッチを入れないのかしら？

エラリー　明かりがついた！

警視　うむ。あのスイッチは動くようだな。

ニッキイ　それで、何が得られたというの？　エラリー、この面倒な手続きの一切は、何のためなの？　これには何の意味があるの？

エラリー　（考え込みながら）いいかい、これには美しき象徴的意味があるのさ。

警視　見えない足跡に――ついたり消えたりする明かりに――今度は「象徴的意味」ときたか。何の話をしておるのだ、せがれ？

エラリー　（くすくす笑いながら）船長室で、今まさに明かりがともったでしょう？　そしてこの瞬間、ぼくの頭蓋骨の中にも明かりがともったのです。
警視　明かりが？　頭蓋骨に？
ニッキイ　エラリー・クイーン、わたしに言ったりはしないわよね――
エラリー　でもニッキイ、ぼくは言わなければならない。なぜならば、今ぼくは、ホーン船長の三人の親族の誰が殺人者なのかを知ったからだよ！
（音楽が高まり……そして挑戦コーナーに）

聴取者への挑戦

エラリー・クイーンはこの時点で、ホーン船長殺しの犯人を突きとめました。彼が推理に用いた手がかりは、すべて、みなさんにも提示されています。続く解決篇でそれが明かされる前に、あなたも推理してみませんか？
（1）ホーン船長を殺したのは誰か？
（2）あなたは〈見えない足跡〉にどのような説明をつけることができますか？

解決篇

第十場　同じ場所、すぐ後

（音楽が高まり……そこに）

エラリー　さて、どのようにして犯人は、母屋から船長室まで、行きも帰りも雪の上に足跡を残さずに、ホーン船長の後を追うことができたのでしょうか？　それが最大の謎です。

ヴェリー　あなたなら、それに答えられるとわかってますよ、大先生。

エラリー　そうだ、部長――そして、きみも答えることができるよ。答えがあまりにも単純なので、ぼくたちは考えようともしなかったのです。――これは心理学における事実で、犯人はそれを期待したわけです。

ニッキイ　わたしはミズーリ州の出身ですからね（ニッキイは実際にミズーリ州カンサス・シティ出身だが、ここでは「証拠を見るまで信じない」の意味）。犯人はどんな風にやったの？

エラリー　答え――犯人はやっていない。（一同、愕然としたアドリブ）これが正解なのです――人間は、新雪の上に足跡を残さずに歩くことはできません――そして、犯人は足跡を残していませんでした――ならば、あり得る結論は、たった一つしかありません。犯人は雪の上に一歩も足を踏み入れたりはしなかったのです――犯人は母屋からホーン老船長の後を追ったりはしなかったのです――犯人は殺人を行うために船長室に一度も入らなかったのです。

警視　それなら、犯人はどうやって殺人をやってのけたのだ？

エラリー　では、いいですか。事実に基づくと、ホーン船長は七時頃に船長室に行き――ドアを開け、明かりをつけるために戸口の近くのスイッチを入れ――ドアを閉めて――そして、何をしましたか？

警視　そう、わしらが入ったとき、舷窓みたいな窓が開いているのが見えた――ということは、明かりをつけた後、老人は舷窓まで歩いて行って、開けたように思えるな。

エラリー　正解です。船長が、七時数分過ぎに――検死官の報告によると、彼が撃たれた時刻に――立っていたのは、船長室の開いた舷窓の前でした！　では、その時刻に、ホーン船長の甥と姪は、どこにいましたか？

ニッキイ　あの人たちの証言によると、五十フィート離れた母屋のそれぞれ別の部屋に、それぞれが一人きりでいたわ。

エラリー　ならば今、ぼくたちは、いかにして犯人が、船長室に行くことなく、ホーン船長を撃ったのかを答えることができませんか？　そうです！　犯人はただ単に、母屋の窓から老人を撃っただけだったのです。

警視　（ゆっくりと）銃弾がホーン船長の額を撃ち抜いていたという事実が――そして、わしらが彼の死体をちょうど船長室の舷窓の下で見つけたという事実が、そいつを裏付けておるな！

ニッキイ　でも、母屋の他の二人は、どうして銃声を聞かなかったの？　ああ！　消音器ね。

エラリー　その通りだ、ニッキイ。それこそが、消音器が使われた理由だったのだよ。

警視　（ゆっくりと）ちょっと待て、せがれよ。おまえの解決には大きな穴があるぞ。もし犯人が、ホーン船長を母屋から撃ったとしたら、どうやって銃を船長室の中に残したのだ？

エラリー　お父さん、それは犯人にとっても問題だったのです――。殺人者は犯行の際に、船長室に近づくことはできませんでした。なぜならば、犯人は雪の上に足跡を残すことを望んでいなかったからです。けれども、犯人は銃を船長室に持ち込まなければなりませんでした。そうすれば、〝射撃の際に犯人は船長室にいた〟と、ぼくたちが考えるからです。犯人はその方法を考え出し――その方法は成功しました。ですが、今ではぼくは、どうやったかを知っています――この母屋の地下室にある、船長室の明かりのスイッチが操作されたことが、ぼくにその方法を教えてくれたのです！

ヴェリー　スイッチは、あたしにはその方法を教えてくれませんでしたよ、大先生！

エラリー　では、犯人が地下室の配電盤でスイッチを切ったのはいつだったでしょうか？　犯人が母屋の窓からホーン船長を撃つ前でしょうか？　それとも、後でしょうか？

警視　前ということはあり得ない――犯人は、船長室の明かりがついている必要があったからな。明かりがあれば、犯人には、舷窓の窓枠内に老人の頭部が入ったことがわかる。その窓ごしに撃つためにも、明かりは必要だったはずだ。

エラリー　正解です。従って、犯人はまず最初に、母屋の窓から銃を撃ちました。そして、その後で、地下室に降りて、船長室のスイッチを切ったのです。

ニッキイ　でもエラリー、なぜ犯人は、殺人の後で、船長室の明かりがつかないようにしたかったのかしら?

エラリー　いいかい、ニッキイ――犯人が殺人を成功させた後、照明機能の不全は何をもたらしたかな?　死体が発見されるとき、船長室の中が暗闇であることが確実になり……犯人が見られることなく重要な何かをすることができる数秒間の暗闇が確保されたのです。犯人がしなければならなかったことについて、ぼくたちは何を知っているでしょうか?　凶器の銃を船長室に置いておくことです。結論――殺人者は、ぼくたちが死体を発見した時間帯に、凶器の銃を船長室の床に置いたのです。

ニッキイ　わたしたちの目の前で?

エラリー　簡単なことだよ、ニッキイ――暗闇の中ならね。

警視　だが、その結論は、わしらが死体を見つけたときに一緒にいた者が船長室に銃を持ち込んだ、ということを意味するぞ!

エラリー　正解です。では、ぼくたちが死体を見つけたときに一緒にいたのは誰でしたか?

ヴェリー　一人しかいませんな――医者をやってる甥だ!

警視　スタンリー・ホーン医師だ!

エラリー　正解です。スタンリー・ホーン医師――あなたも覚えているでしょう。本人が自分の診療鞄を――その中に凶器の銃と消音器を隠すことができる鞄を――持って行くと提案したことを!　部長、もしきみが二階に上がってスタンリー・ホーン医師をたたき起こしてくれたなら――ぼくたちは彼に、その巧妙で冷酷な犯罪が失敗したと伝える喜びを得ることができるだろうね！
（音楽、高まる）

みなさんには今夜、シーモア・ドウィギンズをめぐる風変わりな事件をお聴かせしましょう。……彼は、トラブルをどうしても避けることができない若者です。ぼくはこの物語をこう呼びました——

不運な男の冒険

The Adventure of the Unlucky Man

登場人物

探偵の　エラリー・クイーン
その秘書の　ニッキイ・ポーター
エラリーの父親で市警本部の　クイーン警視
クイーン警視の部下の　ヴェリー部長刑事
富豪一族の　シーモア・ドウィギンズ
シーモアの伯父の　アブナー・ドウィギンズ
シーモアの伯父の　バートレー・ドウィギンズ
シーモアの伯父の　サイラス・ドウィギンズ
ドウィギンズ家の執事の　パーカー
さらに　裁判長、検事、廷吏、陪審長、他

放送　一九四三年十二月十六日
場面　市警本部――ドウィギンズ家――クイーン家のアパート――裁判所

第一場　市警本部

（音楽が高まり……そこに市警本部のオフィスのざわめきが割り込む。音楽が低くなり……）

ニッキイ　（うんざりした声で）おはようございます、ヴェリー部長さん。

ヴェリー　（声が近づく）これはこれは、ポーター嬢ちゃんではないですか。これ以上、偉大な男の下で働くのをやめたのですかな？　それとも、あっちの方が探偵小説を書くのをやめたのですかな？

ニッキイ　あの人はまだ探偵小説を書いているし、わたしもまだあの人の秘書だわ。でも、ちょうど今は、わたしはヒッチハイカーなのよ。エラリーはここで――市警本部の中で犯罪の材料をあさっているわ……いつものようにね！

エラリー　（声が近づく）おはよう、部長。（ヴェリーはアドリブで応じる）父さんの執務室だけど、誰かが父さんと一緒にいるのかな？

ヴェリー　ええ。シーモア・ドウィギンズが。

エラリー　事件かな？　今朝《けさ》は事件にありつけると嬉しいのだが。

ヴェリー　ありつけそうにないのでは？　あたしが言いたいのは――あなたの十八番《おはこ》ではない、

ということですよ、大先生《マエストロ》。

ニッキイ　この人には十八番があるみたいね！　シーモア・ドゥィギンズって誰なの？

ヴェリー　シーモア青年を？　ふざけているのですかい？　嬢ちゃんは、ヌーヨークのお上品な百万長者一族はみんな知っていると思ってましたがね。

エラリー　きみもシーモア・ドゥィギンズは知っているだろう、ニッキイ――五番街北に建つ先祖伝来のいかめしい豪邸に住んでいるよ――シーモアと、高いカラーをつけている三人の独身の伯父が。

ニッキイ　ああ、あのドゥィギンズね！　それで、どうして〈銀のスプーンをくわえた甥っ子〉殿が市警本部に引っ張られる羽目になったの、部長さん？

ヴェリー　かなり痛ましい話でしてね、ポーター嬢ちゃん。伯父の一人が、先日、死んでしまったのですよ。

エラリー　本当かい？　伯父の誰かな、ヴェリー？

ヴェリー　一番年上の――アブナー伯父です。

ニッキイ　（意気込んで）殺人なの？

ヴェリー　いんや。事故ですよ。

エラリー　だったら、なぜ父さんが興味を示しているのかな？

ヴェリー　警視は興味なんて示していませんよ。ですが、お決まりの捜査をやらなきゃなりませんからね。それでも押しかけて、退屈な思いをしますか？

ニッキイ　エラリー――行きましょう！　若き百万長者と会える機会を逃すことなんて、わたしにはできないわ！

第二場　クイーン警視の執務室、すぐ後

（複数の足音）

エラリー　（くすくす笑いながら）そう上手くはいかないよ、ニッキイ。ぼくが聞いたところによると、シーモアの伯父たちは、彼を大事にしていて、まるで王族でもあるかのように守っているらしい。

ニッキイ　試してみることはできるわ、そうでしょう？

（足音が停まり……ドアが開く）

ヴェリー　警視？　失礼しますよ。大先生とお友だちです。

エラリー　ちょっとのぞいてかまいませんか、お父さん？

警視　入れ、エラリー。（ドアが閉まる。背後のざわめきが遮断される。警視の声が近づく）シーモア・ドウィギンズだ。――ミス・ポーター――せがれのエラリーだ。それと、エラリー、こちらはドウィギンズ家に昔から仕えているパーカーだ。（アドリブでお決まりのやりとり）みんな、座りたまえ。大して時間はとらない。話の途中でしたな、ドウィギンズ君？

シーモア　（神経質に）そのう、警視さん、ぼくは家族の中で一人だけ車を運転するのです。アブナー伯父、バートレー伯父、サイラス伯父は絶対に運転を学ぼうとしないで――

パーカー　「新しい――馬鹿げた機械」、あの方たちは、そう呼んでおります。（恥じ入るように）失礼の段、お許しくださいシーモアさま。

シーモア　（いかめしく）気にするな、パーカー。ええと、ぼくは正面玄関に向かう私道に回り込んでいたのですが、そのとき、ハンドルのどこかがおかしくなって――

ニッキイ　何て恐ろしいのかしら、ドウィギンズさん。

シーモア　ええ、ぼくは――車の制御ができなくなりました。構内に乗り入れてしまって。ちょうど非常ブレーキに手を伸ばしたとき――決して忘れないでしょうね。決して。

ヴェリー　アブナー伯父が歩道を斜めに横切ろうとしたので、あなたは老いぼれ紳士を、どんぴしゃりで車で轢いてしまった。

シーモア　（つらそうに）ええ！　ぼくは伯父に叫んで――車が彼の進む方向から外れるように、全力を尽くしました――でも、伯父はそこに凍りついたようになっていて――ハンドルが狂ったように回って――

警視　老紳士は即死だったよ、エラリー。

ニッキイ　お気持ちはわかりますわ、ドウィギンズさん。

シーモア　ポーターさん、ぼくはあれから一睡もしていないのです！

エラリー　ハンドルのどこが故障していたのですか、お父さん？

警視　わしらが知ることはないだろうな。アブナーを轢いたあと、車は石壁に衝突した。あまりにも破損がひどかったので、ハンドルが故障したのか手を加えられたのか判断ができないのだ。ドウィギンズ君は、車が壁にぶつかる直前に飛び出したよ。

エラリー　ドウィギンズ君、一つ質問がある。アブナー伯父は、少なからぬ遺産を残したのではないかな？

シーモア　遺産？　ええ。四百万ドルを。ぼくは彼の相続人です。――ぼくは、三人の伯父全員の遺産相続人なのです。ご存じのように、ドウィギンズ一族の残りは四人だけで――（困惑して）ぼくが言いたかったのは――三人です……今は。

警視　パーカー。（パーカーはアドリブで応じる）パーカー、きみは長年、ドウィギンズ一家に仕えてきたのだな、そうだろう？

パーカー　（誇らしげに）公現祭（クリスマスから十二日後）が来ると、四十七年です、警視さん。アブナーさまは一八九六年のロンドン滞在中に、わたくしと契約を結んだのです、警視さん。（声を落として）アブナーさまは、わたくしにとてもよくしてくれて――

警視　（咳払いをしてから）それで、きみは事故を目撃したのだね、パーカー――そうだろう？

パーカー　はい、警視さん。さようでございます。わたくしは、窓の前で銀食器を磨いておりました。それは、まさしく、シーモアさまがおっしゃる通りに起こりました。若旦那さまは、あの向きを変える装置を右に左に回して、かわいそうなアブナーさまを何とか轢かないようにしようとしておられました、警視さん。しかし、若旦那さまは、何もできませんでした。恐ろしい事故でした――不測の事態でございます。

警視　さてと、ドウィギンズ君、わしは満足したよ。この件はけりがついたな。きみをわずらわせて申しわけなかった！

第三場　シーモアの部屋、一ヶ月後

（音楽が高まり……そこに、シーモアが陽気に口笛を吹きながら屋内のドアを開ける音が割り込み……口笛が途切れる）

シーモア　パーカー！　ぼくの寝室にいるのはおまえか？

パーカー　（一部屋分離れた位置から）シーモアさまですか？　はい、若旦那さま。あなたの狩猟道具を整理しているところです、シーモアさま。

シーモア　ああ、ありがたいな。（ドアが閉まる）

パーカー　（まだ離れた位置で）若旦那さまのために、何か他にできることはございますか？

シーモア　いやいや、パーカー、荷造りだけで充分だよ。ぼくはここから出て、居間で自分のライフルの手入れをしているよ。（独り言のように）さてと。ええと――銃の油に――布きれに――（離れた位置でドアをノックする音）

バートレー　（離れた位置で）シーモア、坊や。入ってかまわんかね？

シーモア　かまいませんよ、バートレー伯父さん。（離れた位置でドアが開く。笑いながら）手を挙げろ！

バートレー　（離れた位置で――びっくりして）シーモア！　ライフルを下ろしたまえ！
シーモア　（くすくす笑いながら）ふふ、バート伯父さん、あなたをおびえさせてしまいましたか？
バートレー　（いらだたしげな声をあげて近づく）そいつは愚かな行為だぞ、シーモア。そのライフルで何をしていおるのだ？
シーモア　何をしているように見えます？　手入れをしているのですよ――狩猟に行くために。数日ほど、メイン州に行こうと思っています。
バートレー　（堅苦しく）いいか、シーモア。きみが銃器類を扱うことについて、わしがどう感じているか、きみも知っておるな。きみはあまりにも不注意だよ、坊や――自分で自分を傷つけてしまうぞ。
シーモア　（陽気に）古女房みたいなことを言いなさんな、バート伯父さん。さてさて。ぼくがヘマをしでかしたことがありましたっけ？　ええと……
バートレー　シーモア、気をつけたまえ！（シーモアはぽかんとして「え？」）きみが人殺しの武器を手入れするやり方は――
シーモア　ああ、心配は要りませんよ、バート伯父さん。こいつには弾丸《たま》は入っていませんから。昨日も確かめました。
バートレー　昨日！　いいかね、シーモア。ひと月前、あわれなアブナーがあんな目にあったというのに、きみは何も変わっておらんじゃないか。狩猟に行くのはやめた方がいい。わしはそう感じているし——サイラスも同じ気持ちだとわかっておる。結局のところ、シーモア——もし家名を残そうとするならば——きみはドウィギンズ一族の最後の希望なのだぞ。——サイラスとわしは、独身なのでね。

シーモア　あきれますね、バート伯父さん。みんな、ぼくが十歳だと思っているみたいじゃないですか！　ほら。きちんと油を差し終わりましたよ。いつものように、この銃は——完璧なバランスで、引き金の動きはなめらかで、まるで——（狭い部屋の中で、ライフルがものすごい音を立てて発射される。ぽかんとした声で）弾が出た——

バートレー　（うめく）シーモア——きみは——わしを——撃って……（ドサリ）

シーモア　バート伯父さん！（老人が走る足音が近づく）

パーカー　（ショックを受けた声が近づく）バートレーさま、旦那さま——！

シーモア　（錯乱して）でも、パーカー、この銃は装塡していなかったんだ！　バート伯父さんの怪我はひどいのか？　医者を呼ぶんだ。何とかしなくては！

パーカー　（きびしい声で）シーモアさま、あなたの伯父上のバートレーさまはお亡くなりになりました。

第四場　クイーン警視の執務室、しばらく後

（音楽が高まり……そこに）

シーモア　それで、これが起こったことの一部始終です、警視さん。（すっかり気落ちしている）ぼくは、自分の銃が装塡されていないことを確かめました！　ぼくが言いたいのは――前の日に見たばかりで――

警視　（冷たく）どうやら、きみは見間違えたようだね、シーモア。

シーモア　いいえ、ぼくは……ぼくは確認しました。それでもぼくが――誓うのであれば――見間違えしかあり得ません。あれは、ぼくの銃で――ぼく以外は、誰であろうと決して使うことはないし――わが家では、ぼく以外の誰も、どんなたぐいのことであれ、狩猟も射撃も決してしなかったし……

エラリー　（冷たく）ドウィギンズ君。（シーモア「何かな、クイーン君」）きみの伯父のバートレー・ドウィギンズさんも、お金持ちだったかな？

シーモア　ええ。バート伯父は、アブナー伯父と同じくらい残してくれました――

ニッキイ　さらに四百万ドルを？

ヴェリー　あんたは前回の事故が起こったとき、あたしらに言いましたな。あんたは伯父全員の遺産相続人になっている、と。それで、今回はまたしても四百万ドルを――？

シーモア　（悲しげに）バート伯父の場合、その財産はサイラス伯父と分け合うことになります――ぼくたちは、それぞれ二百万ドルを得ます。

警視　それで、アブナー伯父とバートレー伯父の――不測の事態の結果――きみはこの一ヶ月で六百万ドルを手に入れたわけだね？

シーモア　どうしてそんなことを……まさか！　あなたはぼくを疑って――

警視　ここで、事実をはっきりさせよう。パーカー！（パーカーはアドリブで応じる）居間で銃が発射されたとき、きみはシーモアの寝室にいたのだね。何が起こったか、実際に見たのか？

パーカー　はい、警視さん。二つの部屋の間のドアは開いたままでした。そして、シーモアさまが手にした銃が発射されたとき、わたくしはちょうど、居間をのぞき込んでいました。この方は、バートレーさまを見てもいませんでした。バートレーさまは、たまたま銃弾をさえぎる位置に立っていたのです、警視さん。あれは不測の事態です。それは誓ってもかまいません。

警視　こいつは、きみにとって良いことだな、シーモア。パーカーの証言は、きみとぴったり一致している。では、わしらは黒板に、「新たな不測の事態が起こった」と書くべきだろうな。

シーモア　（苦々しげに）ぼくはもう、死ぬまで絶対に銃には触りませんよ。行くぞ、パーカー！

（パーカーのアドリブの声が遠ざかり、離れた位置でドアが閉まる）

エラリー　（考え込みながら）彼は今でも、事故の前日には銃は装塡されていなかった、と確信していますね。

警視　わしの方の確信はだな、エラリー、このシーモアは無責任な輩《やから》で――万事において不注意で――重要なことは何一つ覚えておらず――

ヴェリー　あたしらは、彼を重要人物扱いにして、あらゆる手段で調べたのですよ。

警視　仮に、あの男が前の日にライフルを調べたとしても――それさえ疑わしいと思っておるがな！――わしはこれっぽっちも驚かないぞ。シーモアのことだから――銃が装塡されていたとしても、装塡されていないと思ったのさ！　それはそれとして、おまえもパーカーの言葉を聞いただろう。疑いの余地はない。こいつは不測の事態だったのだ。

エラリー　ひと月に二回も……。まあ、あり得るとは思いますが。

ニッキイ　それでもやはり、わたしは〈六百万ドルのドウィギンズ氏〉とは一つ屋根の下で暮らしたくはないわね。たとえ、あの人が――たとえ、あの人が、わたしに結婚を申し込んだとしても！

ヴェリー　あいつは間違いなく不運な男ですな。車を運転して――人を殺す。銃の手入れをして――もう一人を殺す――

エラリー　（皮肉っぽく）なぜきみは、シーモアを〝不運な男〟と呼ぶのかな、部長？　伯父のアブナーは百万長者で――不測の事態で彼は死んだ。伯父のバートレーは百万長者で――不測の事態で彼は死んだ。そして今、伯父のサイラスがいて……

警視　おいおい、せがれよ、おまえは思ってはおらんだろうな、そんな――

エラリー　お父さん、ぼくは驚きませんよ――サイラス伯父に不幸なことが起きたとしても。

第五場　クイーン家のアパート、数ヶ月後

（エラリーは予期せぬ訪問者を迎えている……）

シーモア　（不安げに）ぼくを覚えているかい、クイーン君、どうかな？

エラリー　（興味深げに）ちゃんと覚えているよ、ドゥィギンズ君。
ニッキイ　あら、シーモア、今度は何があったの？
シーモア　（陰鬱に）ぼくは助けがほしいのだ。
ヴェリー　またしても不測の事態が起こると感じているのですかな、坊ちゃん？
警視　あきれたな、シーモア。きみはトラブルを避けることはできないのかね？　今度は誰だ――サイラス伯父かな？
シーモア　ええと、こういうわけなのです、警視。バートレー伯父の――不測の事態のあと、サイラス伯父は少々……手に負えなくなってしまって。こう言いだしたのです。もしかしたら、ぼくは自分で思っているように潔白ではないのではないか、と。もしかしたら、アブナー伯父とバート伯父の死は不測の事態ではなかったのではないか、と。
エラリー　伯父さんが神経質にならざるを得なかった理由を、きみはちゃんとわかっているね。
シーモア　もちろん。ぼくはサイラス伯父を論理的に納得させようと試みました。それでも――そのう、言い争いになってしまって。ぼくは家を出て、アパートを見つけました。
ヴェリー　わかりましたよ。それで、あんたとあんたの六百万ドルは、一人暮らしをしているわけだ。それがそんなに悪いことですかねえ？
シーモア　でも部長さん、ぼくは気づいてしまったのです――サイラス伯父さんが考えたようなことを、みんなも考えていることに！　友人は全員、ぼくとの関係を絶ちました。ぼくは世捨て人のような暮らしをしているのですよ。

警視　残念だがシーモア、きみのためにわしらができることは、すべてやったのだ。わしらは公式にきみの疑いを晴らしたし――

シーモア　ええ、わかっていますよ。用件はそのことではありません。用件は――そのう、先日、サイラス伯父の方から折れてきたのです。ぼくの推測ですが、五番街の墓場で――一緒にいるのはパーカーじいさんだけという寂しい暮らしが続いているうち、落ち着かなくなったのでしょうね。……まあ、それはともかく、サイラス伯父はぼくに、家に戻って暮らすように頼んできたのです。

ヴェリー　(皮肉っぽく) 勇気がある男ですな。

ニッキイ　それで、どうして戻らなかったの、シーモア?

シーモア　ポーターさん――ぼくは恐れているんですよ。

エラリー　恐れている?

シーモア　ええ――新たな不測の事態が起きるのではないかと!　ぼくは、どうしようもない状況に置かれています。一人暮らしを続けることはできない――かといって、もしぼくがサイラス伯父と暮らすために戻って、新たな不測の事態が起こったら……クイーン君、きみの厚意に大いにすがらせてもらえまいか?

エラリー　厚意とは何かな、ドウィギンズ?

シーモア　しばらくの間、ぼくと一緒に暮らしてほしいのだ――サイラス伯父とぼくと。わが家の客として。ぼくにくっついていてくれないか――接着剤のように!　それなら、もし何かが起こったら——新たな不測の事態が起こったら——きみは、ぼくの潔白を示す証人になることができるわけだ！

ニッキイ　どうしてあなたは、新たな不測の事態が起こると考えるようになったのかしら？

シーモア　ぼくは運が悪いからだよ、ポーターさん。すでに二回も不運に見舞われている。ぼくは運が悪い、本当に悪いのだ！

エラリー　ふうむ——お父さん。ドウィギンズ、ちょっと失礼するよ。（シーモアはアドリブで応じ、ニッキイ、シーモア、ヴェリーのアドリブの声が背後で遠ざかる。マイクの近くで小声の会話）お父さんはこれを、どう受け止めますか？

警視　わしにはわからんな、せがれよ。たぶん、彼が言っているのは——迷信じみた考えで——

エラリー　（落ち着いた口調で）その一方で、何か別の……今は誰にも何も言えない理由があるのかも。ぼくは、シーモアの頼みを引き受けることにしますよ！

警視　いい考えだ。おまえとは連絡を絶やさないようにしよう。（大声で）シーモア——せがれはきみと行くそうだ——今夜！

第六場　ドウィギンズ邸の食堂、その夜。

（音楽が高まり……そこにお決まりの社交的なアドリブが割り込む。笑い声）

ニッキイ　賭けてもいいわ、シーモア。あなたは知り合いの女の子みんなに、同じことを言ったのでしょう。

シーモア　知り合いの女の子みんな、か。サイラス伯父さん、この魅力的な創造物に教えてあげてください。バート伯父とアブナー伯父が、今までぼくと外出することを許してくれた女の子が、どんなに少なかったかを！（笑い声）

サイラス　（くつくつ笑いながら）おいおい、シーモア。……とはいえ、言っておくとするか。クイーン君、わしの二人の兄は——その魂に安らぎあれ——シーモアを甘ったれにするために、自分たちのベストを尽くしたのだよ。

エラリー　（くすくす笑いながら）シーモアはあなたの影響で、あっという間に改善したように見えますね、ドウィギンズさん。

ニッキイ　言わせてもらいますけど——シーモアは狼だわ！

シーモア　ああ、サイラス伯父さん、あなたがぼくを狼に変えたのですよね？（笑い声）ねえ、ニッキイ。ちょっと、ぼくと一緒に来ないか……きみが訊きたいのは……

サイラス　おお、クイーン君、この古びた家に若い連中がいるのは心地良いな。わが家は若い血を必要として——（ニッキイとシーモアは離れた位置でふざけている）

エラリー　シーモアはぼくの秘書に、すっかり魅せられたように見えますね、ドウィギンズさん。

サイラス　（こっそりと）それには、良いこともある。わしはあの若い女性をとても気に入ったよ——自然体で、気取ったところがない。進展してくれないかと、少しばかり期待をしておるよ！　ご存じだろうが、もしシーモアが結婚しなかったら、家名は彼で途絶えて——（ドアが離れた位置で開く。「ドウィギンズさま」）どうした、パーカー？　何か用か？

パーカー　（離れた位置で）クイーン警視とヴェリー部長刑事がお見えになりました、サイラスさま。

サイラス　クイーン君のお父上か？　それに部長刑事も？　通したまえ、パーカー！（離れた位置でパーカーが「お入りください、お二人とも」と言うのに合わせて、マイクの近くでエラリーたちの適当なアドリブ）やあ、警視！　こいつは嬉しいな。部長刑事も――（全員がアドリブで挨拶を交わす。警視と部長の声が近づいてくる）パーカー、椅子を！（パーカーはアドリブで応じる）

警視　ふと思いついて、立ち寄ってみましたよ、サイラスさん――

ヴェリー　あたしらは暇をもて余していましてね。（笑い声）

シーモア　（愛想よく）何か飲まれますか？

警視　すぐ帰るので、おかまいなく、シーモア。

ヴェリー　（小声で）シーモア。ちょっとだけもらえませんかね……スコッチを？

シーモア　いいですとも、部長。（ヴェリー「よっしゃ」）パーカー、酒のワゴンだ。ぼくのキュンメル（香りをつけたリキュール）の瓶も載せてきてくれ。（パーカーはアドリブをしながら遠ざかる）

ニッキイ　キュンメル？　女の人が飲む物じゃないの、シーモア？（笑い声）

サイラス　（くつくつ笑いながら）そうさ、わが甥はすごい呑んだくれだからね。

ヴェリー　ふうん、「キュンメルの呑んだくれ」ですかね、サイラスさん？（笑い声）

シーモア　（反論する）キュンメルのどこが悪い？　ぼくが好きな唯一の酒なのさ。それに、あなたには言われたくありませんね、サイラス伯父さん！　ぼくはこの家で、これ以外の酒は一滴も呑んだことがない、たった一人の男じゃないですか！

（陽気な笑い声。陽気なアドリブが小さくなり背後にまわる）

警視　（アドリブにかぶせるようにマイクの近くで小声で）エラリー。今のところ、特に問題なしか？

エラリー　（小声で）水平線には雲一つなしです、お父さん。ぼくは、自分が時間を無駄にしている気がしてきましたよ。（アドリブの声が大きくなる。「やあやあ、パーカーが酒場を持ってきましたな！」「あら、あのスコッチ、珍しいわね」などなど）

パーカー　（声が近づく）はい、旦那さま。はい、お嬢様。スコッチ・ソーダはいかがです？（みんなでアドリブ。パーカーはアドリブをしながら後ろで瓶の音、グラスの音、サイフォンのシューという音を立てる）はい、シーモアさま、若旦那さま――あなたのキュンメルの瓶です――ワゴンの上に――

シーモア　自分でやるよ、パーカー。（マイクの近くで瓶とグラスがカチンと鳴る）ふふん、女の人が飲む物って言ったね、ニッキイ？　ぼくがこのすばらしく強い酒を自分に注ぐまで待っていたまえ！（笑い声が広まる）

サイラス　わしは言わねばならんな。たまに、酒好きの連中をうらやましく思うことがある、と。

（うめき声。笑い声が消える。ドサリという音）

シーモア　サイラス伯父さん！（わずかな混乱。興奮したアドリブ）

警視　呼吸をさせろ！
ヴェリー　何があったのです？
ニッキイ　白目をむいているわ、部長さん――血の気が失せて――
エラリー　気を失っている。
シーモア　心配する必要はありませんよ。サイラス伯父は、一時的に気を失うことがよくあるのです。――だろう、パーカー？
パーカー　さようでございます。サイラスさまは実にしばしば気を失います――
シーモア　ぼくのキュンメルを少し飲ませよう――これで正気づくだろう。
エラリー　彼の頭を上げてくれないか、ニッキイ。（ニッキイはアドリブで応じる）
シーモア　こいつを喉に流し込めば……これで――
ヴェリー　ふう！　ちょっとの間ですが、あたしは……
ニッキイ　いい、いい、いいわよ、部長。
警視　きみのキュンメルで良くなったようには見えないぞ、シーモア。
シーモア　（いぶかしげに）ぼくにはわかりません。サイラス伯父は、いつも数秒で意識を取り戻すのですが。――だろう、パーカー？
パーカー　ええ、さようでございます、シーモアさま。
エラリー　（不意に）シーモア。どいてくれ。（間を置く）
警視　エラリー、何か問題でも？

エラリー　サイラスは死にました。（効果音をはさむ。間を置く）

シーモア　（ショックを受けて）死んだ？（一同、ショックを受けたアドリブ）だが——

ニッキイ　あなたが言いたいのは——この人は卒中を起こした、ということね、エラリー？

エラリー　ぼくが言いたいのは、この人は毒殺された、ということだ。（効果音をはさむ）

シーモア　（うわずった声で）毒殺……！

警視　毒殺だと？　シーモア、そのキュンメルのグラスをわしに渡したまえ——きみが伯父さんに飲ませたグラスだ。ヴェリー——キュンメルの瓶を取り上げろ！

ヴェリー　言われる前にやってますよ、警視。（くんくん）うむ。青酸カリが混じっていますな。ビターアーモンドの匂いがする。

エラリー　グラスにも青酸が入っていますか、お父さん？

警視　うむ、入っておる。シーモア、わしは、きみが伯父のサイラスの相続人だと思っておるのだが？

シーモア　（口ごもりながら）え、ええ。ええ。ぼくです。

警視　他に、サイラスの遺産を分け合う者は？

シーモア　いいえ——他にはいません。ぼくが——たった一人の生き残りで——たった一人の相続人で……

ニッキイ　（少しヒステリー気味の笑い）そして、わたしは、あなたは単に運が悪くて行儀が悪い人だと思っていたわ。でも、あなたは……そうではなかった！

ヴェリー　今回は、「不測の事態」という言い訳は通用しませんな。ねえ、警視？

警視　通用しないと言わざるを得ないな。シーモア、伯父のサイラス殺しの罪できみを逮捕する。

シーモア　でも、ぼくはキュンメルに毒が盛られていたなんて、知らなかった――ぼくはサイラス伯父を殺してなんていません、警視――！

ヴェリー　来い、ドウィギンズ。

シーモア　待ってくれ！　クイーン君――エラリー――きみはここに来るときに同意してくれたね。もし何かが起こったら、ぼくを助けてくれるって！　何とかしてくれ！　警察にぼくを逮捕させないでくれ！

エラリー　すまない。ぼくができることは何もない。

シーモア　（激しく）だったら、ぼくはもう終わりだ。（すすり泣く）呪われている！　ぼくは世界で一番、不運な男だと言っていい！

第七場　裁判所

（音楽が高まり……そこに法廷のざわめきが割り込む。木槌の音。ざわめきがやむ）

裁判長　検事殿、きみの最終論告を続けたまえ。

検事　ありがとうございます、裁判長閣下。陪審席の紳士淑女のみなさん、みなさんのために要約すると、サイラス・ドウィギンズは――医学的な証言を聞いたように――青酸カリで毒殺されました。キュンメルの瓶に、この死をもたらす毒薬が大量に含まれていたことは、立証済みです。グラスにもこの毒が含まれていたことも、立証済みです。被告シーモア・ドウィギンズ以外のドウィギンズ家の住人は、キュンメルを飲むことはありません。シーモアの指紋だけが、グラスと瓶で見つかりました。シーモアは、この命取りの飲み物を注いだ唯一の人物です。シーモアは、気を失った伯父の口にグラスをあてた唯一の人物であり、意識不明の伯父の喉に毒を……証人たちの目の前で……無理矢理流し込んだ、唯一の人物です！　最後に、シーモアは、伯父サイラスの死を望む強力な動機を持っています――彼は、サイラス・ドウィギンズのたった一人の相続人であり、サイラスの全財産である二百万ドルを相続するのです。「合理的な疑問の入り込む余地」が存在し得るでしょうか？　紳士淑女のみなさん、私はないと思います！　州は、サイラス・ドウィギンズ謀殺の罪で、シーモア・ドウィギンズにもっとも重い刑を科すことを求めます。そして、被告人を有罪とすることは、みなさんのつとめなのです！（ざわめきが大きくなる……高まる音楽が割り込み……法廷のざわめきが再び大きくなる。離れた位置でドアが開く。緊張した重いざわめき）

ニッキイ　（マイクの近くで背後の音にかぶせて）警視さん、陪審員が出てきたわ！

警視　（熱心に）連中、あまり時間をかけずに出てきたな、ニッキイ……

ヴェリー　シーモアを見てくださいよ。今にもくたばりそうですな。

ニッキイ　あなたはあの人を責めることができるのかしら、部長さん？

警視　陪審は、彼を有罪にするのだろうか。それとも、罪には問わないのだろうか。おい、エラリー！
エラリー　（ぼんやりと）何です、お父さん？
警視　ずっと押し黙ったままだな。おまえはどう思う？
エラリー　ぼくはどう思う、ですか？
ヴェリー　ほーら、来たぞ！
エラリー　いや、部長。ぼくは相変わらず悩まされているよ。（つっけんどんに）解決にたどり着いたら話します。それ以前ではありません。
ニッキイ　ふむふむ。クイーン氏はいらいらしている、と。
ヴェリー　まだ解決していないのですかい？　驚きましたな！（木槌が激しく叩かれる）
廷吏　（離れた位置で）全員、起立！　裁判長閣下！（法廷内で次々と立ち上がる音）
警視　（小声で）静かに――評決だ。（ざわめきがやむ）
廷吏　着席。（法廷内で次々と腰を下ろす音。ざわめき。木槌の音。ざわめきは再びやみ、しばらくは死のような静寂）
裁判長　陪審長は起立したまえ。
陪審長　はい、裁判長閣下。
裁判長　陪審員は評決に達しましたか？
陪審長　達しました、裁判長閣下。（ざわめき。木槌の音。ざわめきがやむ）
裁判長　被告に対していかなる評決を下しましたか？――有罪か、有罪ではないか？

陪審長　われわれは、被告を――（彼の言葉は劇的な音楽でばっさり切られる……そこに……）

（音楽が高まり……そして挑戦コーナーに）

聴取者への挑戦

恒例の挑戦ですが、今回は、みなさんも陪審員になったつもりで推理してください。

（1）シーモア・ドウィギンズは有罪か、有罪ではないか？

（2）有罪ではないならば、あなたの考えた真相は？

必要な手がかりは、すべて、みなさんにも提示されています。続く解決篇でエラリーが自身の考えを述べる前に、あなたも推理してみませんか？

解決篇

第八場　前の場面の続き

（音楽が高まり……そこに、直前に演じられた場面の最後の部分が割り込む）

裁判長　（前と同じに）陪審員は評決に達しましたか？

陪審長　達しました、裁判長閣下。（ざわめき。木槌の音。ざわめきがやむ）

裁判長　被告に対していかなる評決を下しましたか？——有罪か、有罪ではないか？
陪審長　われわれは、被告を——（前と同じく、ここでばっさり切られる）
エラリー　（さえぎる）待ってください、い、い、い、い！（陪審長は驚いて言葉を失う。続いて、離れた位置の人々によるアドリブ。「あのいかれた男は誰だ？」「なぜあいつは裁判を止めた？」「座れ！」「そいつを連れ出せ！」。警視たちもマイクの近くで動揺したアドリブを。木槌が狂ったように打ち鳴らされる）
廷吏　（怒って）おい、おまえ——！
裁判長　待ちたまえ、廷吏！（ざわめきがやむ）（いかめしく）クイーン君。なぜ、この法廷の厳粛な進行を妨げるのか、きみに尋ねてもかまわないかね？
エラリー　裁判長、ぼくは証言を望みます！（ざわめき。木槌の音）
裁判長　だがクイーン君、宣誓証言はもう完了したのだ——陪審員は評決を伝えるところで——
エラリー　裁判長、ぼくが言わねばならないことは、評決にきわめて重大な影響を及ぼすものなのです！
裁判長　わかった。（態度を変えて）クイーン君、もしきみ以外の誰かだったら、私はこの法廷から追い出していただろう。しかしながら、きみが軽々しくこんなことをやったりはしないと、私は知っている。それに、評決はまだ公式には表明されていないので——（木槌を鋭く打ち鳴らす）十五分間の休廷とする。陪審員は退出。クイーン君は、私の部屋に来たまえ！

第九場　裁判長室、すぐ後

（音楽が高まり……そこにクイーン一行がアドリブを交えてドアを閉める音が割り込む）

裁判長　（いかめしく）さあ、クイーン君。

エラリー　裁判長、シーモア・ドウィギンズには三人の伯父がいました――アブナー、バートレー、そしてサイラスです。三人全員が死にました！　最初の二人は、一見したところ事故死でした。しかし、三番目の死は明らかに――毒による――殺人でした。これによって、ぼくたちは、三つの死すべてが同じパターンに属すると――最初の二つの事件においても殺人が企てられたと――仮定しなければならなくなりました。

裁判長　（熱心に）続けたまえ、クイーン君。

エラリー　その仮定に基づくと、最初の――アブナーの――死を引き起こしたシーモアの車の故障は、たまたまハンドルが利かなくなったのではなかったことになります。ハンドルが細工されていたら、遅かれ早かれ壊れてしまい、制御不能になった車は衝突したはずです。

警視　そうだな、せがれ、だが――

エラリー　それでは、誰がその車を使うのでしょうか？　シーモアだけです。思い出してください、彼の伯父たちは誰一人として、運転のやり方さえ知らなかったのですよ！　ならば、ハンドルの機能が壊れ、車が衝突した場合、普通だったら、誰が危険な目にあうのでしょうか？

ニッキイ　（ゆっくりと）もちろん、シーモアだわ。

エラリー　そう、シーモアだ――彼は、車を運転する唯一の男だったからね。（間を置く）

ヴェリー　（ショックを受けて）あなたは、最初の――アブナーの――事故では、シーモアが死ぬはずだったと言いたいのですかい？

エラリー　事実に基づくならば、それ以外の結論は可能性がありません。そして、シーモアが死なないかった理由は、単に、壁に激突する直前に車から飛び出すことができたからに過ぎませんでした。最初の悲劇においては、シーモアが殺されず、伯父のアブナーが死んだことだけが、「不測の事態」だったのです。

警視　だが、二人目の伯父は――バートレーは――どうなのだ、せがれよ？

エラリー　それでは、バート伯父を死に追いやったライフルを、いつも使っているのは誰でしょうか？　またしても、シーモアだけです――あれは彼の銃で、伯父たちの中には、猟に行ったことがある者さえ、一人もいませんでした。だとしたら、もしシーモアのライフルに実弾がこっそり装填されていた場合、普通だったら、銃の手入れ中に「不測の事態」の犠牲者になるのは誰でしょうか？　シーモアです。そして、シーモアだけです。三つ目の――伯父サイラスの――死では、毒はキュンメルの瓶に仕込まれていました。それでは、誰がその瓶を独占しているのでしょうか？　シーモアだけが独占していいました。この場合、普通だったら、毒入りのキュンメルで死ぬのは誰でしょうか？　シーモアしかいません！　三回とも、シーモアが死の標的だったのです。そして、三回とも、シーモアは幸運でした――運命が介入し、不測の事態が起こるたびに、彼の代わりに伯父が一人ずつ殺されたのです。

ニッキイ　でも、もしシーモアがそれぞれの場合に被害者になるはずだったとしたら、あの人が殺人者ということはあり得ないわ！

エラリー　その通りだ、ニッキイ。シーモアは潔白でなければなりません。そして、それゆえ、他の誰かが、三つの死の責任を負わなければならないのです。

裁判長　（緊張して）驚くべきことだ、クイーン君。しかし、その「他の誰か」とは、誰なのだ？

エラリー　それは明らかですよ、裁判長。それぞれの場合にシーモアが死ぬはずだったことから考えると、殺人者は、シーモアの死で利益を得ることになっている人物に違いありません。では、さかのぼって考えてみましょう。車を故障させるという殺人者の計略が予定通りに上手くいった場合、何が起こったでしょうか？　シーモアは死ぬことになり——そして、アブナー伯父は生き延びることになります。かくして、シーモアの死によって、アブナーは遺言を変更しなければならなくなります。そうなると、自身の四百万ドルを、残りの親族に遺《のこ》すことになります——彼の二人の弟——バートレーとサイラスに！

ヴェリー　そして、あたしの推測では、その後で殺人者は、金を手に入れるために、アブナーも殺《や》ってしまう計画を立てていたのですな！

警視　だが、それだけでは、罪を負うべき男は、バートレー・ドウィギンズかサイラス・ドウィギンズのどちらかだったということしか意味しないぞ、せがれ。どちらが犯人なのだ？

エラリー　では、見ていきましょうか。バートレーは？　彼は自分が自由にできる財産を持っていました——実のところ、アブナーと同じ額の財産を！　すでに四百万ドルの資産を持っているバートレーが、さらに四百万ドルの半分を得るために殺人を犯すでしょうか？　それは、もっともありそうにないことです。ぼくたちが、殺人者の可能性があるもう一人は——彼の弟のサイラスは——金をまったく持っておらず——一文無しだったと知っている今では。二人の兄弟のうち、バートレーは百万長者で、サイラスは貧乏人でした。ならばぼくたちは、サイラスが殺人者だったという結論を下さなければなりません。

警視　待て待て、せがれよ。サイラスが貧乏人だと？　わしは、あの男は金持ちだと思っておったぞ！

エラリー　サイラスが金持ちだと言った者は一人もいませんよ、お父さん。サイラスの二人の兄、アブナーとバートは金持ちでした。しかし、サイラスはそうではなかったのです。

ニッキイ　でもエラリー、サイラスは死んだとき、シーモアに二百万ドルを遺したじゃないの！「貧乏人」って、どういう意味なの！

エラリー　きみも勘違いしたのかな、ニッキイ？　いいですか。サイラスは最初、車の故障でシーモアが死ぬ計画を立てていました。この計画は上手くいかず——アブナーが代わりに死んで、その四百万ドルはシーモアに与えられました。サイラスはそれからどうしたか？　彼は、シーモアが銃の手入れをしている間に「不測の事態」で死ぬような計画を立てたのです。この場合は、シーモアの生き残った二人の親族の一人として、サイラスは、シーモアの四百万ドルの半分を受け継ぐことになります。しかし、またしても計画は上手くいかず――銃が発射されたとき、死んだのはバートレーでした。そして、何が起こったのでしょうか？　純然たる不測の事態によって、サイラスは気がつくと、バートレー自身が持つ四百万ドルの財産の半分の所有者になっていたのです――あてにしていなかった二百万ドルの！

警視　そして、検事が言ったように、サイラスの遺産の総額は二百万ドルだったから、バートの金をシーモアと分け合う前のサイラスは、一文無しでなければならんわけだ！

エラリー　ぼくが言ったように、ね。さて、なぜサイラスは、不測の事態による兄のバートレー殺しで打ち止めにしなかったのでしょうか？　結果として、彼は二百万ドルを手に入れたというのに……。しかし、その頃には、彼の血が騒いでいたのです。シーモアはまだ生きている――その命を奪う二つの試みの後でも！――その上、シーモアには今や六百万ドルの資産があります。サイラスは計算したに違いありません。さらにもう一つの「不測の事態」が起きれば、サイラスはドウィギンズ家の最後の一人になるので、二百万ドルではなく丸々八百万ドルの所有者になるのです！　かくしてサイラスは、迷うことなく、シーモアのキュンメルに毒を入れました。ご立派なサイラス伯父にとって不運だったのは、シーモアがキュンメルを注ぐのを見て興奮しすぎて、持病の発作を起こして、失神したことでした――そして、意識を失っている間に、自分が立てた毒殺計画の犠牲者になったのです！　裁判長、なぜぼくが、世界で一番、幸運な男の――シーモア・ドウィギンズの――裁判で陪審が評決を下すのを止めたのか、これでわかってもらえましたか？

裁判長　クイーン君。何もかも混乱しているし、異例なことではある。しかし、われわれは――この事件については、やり直すことにしよう！（一同、アドリブで反応）陪審が携えてきた評決がどんなものになるはずだったのかは、私にはわからない。だが、きみが陪審を説得して納得させた後で――（くつくつ笑う）もし彼らがシーモア・ドウィギンズが「有罪ではない」と宣言しなかったら、私は「エラリー・クイーン」に改名するよ！（全員が笑う）

（音楽、高まる）

今夜の事件は、みなさんの安楽椅子探偵としての才気に対するまぎれもないテストになるでしょうね。というのも、ぼくたち自身が頭をとことん悩ませたことを確言できるからです。自由自在に姿を消せる男の物語。ぼくはこの物語をこう呼びました――

消える魔術師の冒険

The Adventure of the Vanishing Magician

登場人物

探偵の　エラリー・クイーン
その秘書の　ニッキイ・ポーター
エラリーの父親で市警本部の　クイーン警視
クイーン警視の部下の　ヴェリー部長刑事
裕福な実業家の　スティール
《ヴォードビルの芸人たち》
早変わりの芸人の　フィルバート・フォーサイス
歌と踊りの芸人の　ハル＆メイミー・ドーヴァー
魔術師の　グレート・アヴァンティ
さらに　警視の部下たち

放送　一九四三年十一月四日（再演。初演は一九四〇年九月十五日）
場面　ヴォードビル芸人たちの家——その家の外——クイーン警視の執務室

第一場　ヴォードビル芸人たちの家

（音楽——ひと昔前のヴォードビルで〝呼び込み〟に使われた曲——が高まり、そこにメイミーがひっそりとすすり泣く声が割り込む。足音が近づく。メイミーは息を呑んで、泣いていたのを隠そうとする）

フォーサイス　（近づいてきた足音が停まる）メイミー。メイミー・ドーヴァー！　どうかしたのかい？

メイミー　（無理に明るくふるまう）あら、あなただったの、フォーサイスさん。（皿をカチャカチャ鳴らして）うちの亭主がさっさと帰ってこないと、わたしが作った夕食が台無しになってしまうわ。結婚生活も二十年になる男だったら、スペアリブが冷めると固くなってしまうことを知るべきね。あなたもそう思うでしょう。

フォーサイス　泣いていたのだろう、メイミー。そしてその原因は、ハルでもスペアリブでもないな。

メイミー　（うろたえて）あなたは居間に戻ってちょうだい、フォーサイス。そして、あたしが夕食を救うことができるかどうか試している間に、ご自分の〈ヴァラエティ〉誌か、〈ビルボード〉誌を読んでいてちょうだい。

フォーサイス　きみはこの家のことで泣いていたのだろう、違うかい、メイミー?（突然、彼女は再び泣き出す）

メイミー　（すすり泣きながら）そうよ!

フォーサイス　（思いやるように）あたしたちは、今はまだ、このボロ屋《や》を失くしてはいないよ、メイミー。今は泣くのをやめるのだ。そして、古き良き昔の日々を考えたまえ。

メイミー　（苦笑して）「古き良き昔の日々」……それが何だというの?　わたしたちは、もう二度と、昔と同じ日々を過ごすことはできないのよ。

フォーサイス　（胸を張って）そんなことを信じてはいかん!　ヴォードビルは、また人気を取り戻す――そうさ。きみが知っている以前のように。きみはまた、昔のように一日五回も演じる日々に戻ることができるさ……「歌とタップダンスの――ハル&メイミー・ドーヴァー」を!

メイミー　（苦々しげに）たぶん、ヴォードビルはまた人気を取り戻すでしょうね、フォーサイス――でも、だからといって、ハルとわたしが人気を取り戻すことはないわ。あなたも同じよ。アヴァンティも同じよ。ふん!「至高の魔術師、グレート・アヴァンティ」――「早変わりの名人、フィルバート・フォーサイス」――時代遅れの古くさい芸だわ。わたしたちは笑いものになって追い出されるのよ。

フォーサイス　（世間に対して怒りをぶつけるように）そうかな?　いいか、あたしは昔と変わらず達者なのだよ!　毎日練習して、腕を鈍らせてはいないよ、メム。上階《うえ》にある舞台用のトランクの蝶番だって、錆び付かせてはいない——そうさ。覚えているだろう、あたしがかつてやっていた早変わりの技を——「NYPDのライリー」だ——そこでは七つの役すべてを、あたし一人が演じたのさ——もちろん、観客は拍手喝采さ。

メイミー　（どうしようもないといった感じで）そんな芸は、もう古くさいのよ、フォーサイス。ハルとわたしの芸も、古くさいのよ。アヴァンティと彼の魔術も、古くさいのよ。わたしたちはもう、終わったのよ——そして、あなたもそれを知っているのよ。

フォーサイス　（熱くなって）あたしが終わった、だと？　だったら、そうでないところをきみに見せてあげるよ——。芸能事務所の嫌味なマネージャーを演じて見せるのがいいな。昨日、あたしをオフィスから放り出したやつだよ。

メイミー　（さびしげに）ねえ、それが何になるというの——。あなただって、わたしたちが終わっていることはわかっているでしょう。十三年前に、この家を買うために、あなたとアヴァンティとハルとわたしが貯金をつぎ込んだときに。

フォーサイス　（重苦しく）きみが正しいよ、メム。あたしたちは、仕事を失っても頭の上に屋根がある生活を送りたかった。それなのに、今や——（離れた位置でドアが開いて閉じる）

メイミー　玄関のドアだわ。（呼びかける）ハルなの？

ハル　（離れた位置から疲れた声で）おれだよ、メム。

メイミー　わたし、あなたが永遠に家《うち》に帰ってこないのじゃないかと思っていたわ、ハル。

ハル　（疲れた声が近づく）「家《うち》」か……。今晩は、フォーサイス。

フォーサイス　（意気込んで）ハル、銀行でファガンに会えたか？
ハル　（そっけなく）会えた。
メイミー　（期待を込めて）あの人は何と言ってたの、ハル？
ハル　あいつは腹を抱えて笑い出したよ。
メイミー　ハル……（またもや泣き出す）
フォーサイス　（つらそうに）つまり、あたしたちは家を失ったわけだ——そうだろう？
ハル　来週だ——もしアメリカ海兵隊がおれたちを助けに来るのが間に合わなければ。
メイミー　（泣きながら）ハル、わたしたちみんな、どうすればいいの？　どこに行けばいいの？
ハル　知るか。（つらそうに）メム——泣くのをやめてくれ、ダーリン——
フォーサイス　（荒々しく）ドーヴァー、あたしはきみに言うぞ——五年前、あたしたちが家を抵当に入れたのは間違いだった、と！
ハル　（冷たく）だったら、おれたちは何を食えば良かったんだ、フォーサイス？——おまえさんの〈ビルボード〉誌の一九二九年の切り抜きか？
フォーサイス　（堪忍袋の緒が切れかかる）ハル・ドーヴァー、きみに教えてやろう——
ハル　（けんか腰で）何を？
メイミー　（あわてて）まあ、来週は来週よ。今のところは、わたしたちは食べる夕食はあるのだから。でも、お願いだから、ハル・ドーヴァー、あなたはその夕食を台無しにしないように全力を尽くしてちょうだいね。さあ、座って、二人とも。

ハル　おれは腹は減っていないよ、メム。
メイミー　(活発に) あなたは食べるのよ、旦那さん。もう、〈グレート・アヴァンティ〉を待ってはいられないわね。(遠ざかりながら) すぐにスペアリブを持ってくるわ――ゴミみたいにパサパサになっていなければの話だけど……(二人の男の間にぎごちない間)
ハル　(ぎごちなく) どうやら、おれは……神経質だったようだな、フォーサイス。
フォーサイス　(心底反省して) あたしが間違っていたよ、ハル。この家を失うことに――あたしたちの全財産をつぎ込んだ家を失うことになって――
ハル　(苦々しく) おれは、まだ家具が置いてある部屋に戻るよ……(離れた位置でドアが開く) アヴァンティか？
アヴァンティ　(離れた位置で……陽気に) やあ！ (ドアが閉まる) メイミー？　ハル？　フォーサイス？　どこにいるのかな、わが友よ？
ハル　(呼びかける) 食堂だよ、アヴァンティ。
アヴァンティ　(きびきびとした声が近づく) 遅れてしまったのかな――間に合ったかね？ (間を置いて) ふーむ。えらく浮かない顔が並んでいるな。今日は幸運に恵まれなかった――かね、ハル？
ハル　(ぶっきらぼうに) 座って自分のスープを飲め、アヴァンティ。
メイミー　(近づきながら) アヴァンティなの？　やっと帰ってきたのね！ (大皿を置く) さあ、冷めないうちにスープを――

アヴァンティ　注目！　〈グレート・アヴァンティ〉が魔術をお目にかけよう！
フォーサイス　（不機嫌そうに）何でこいつは陽気でいられるのだ？
ハル　その口を閉じろ、アヴァンティ。おれはそんな気分じゃない。
アヴァンティ　そうかね？　ならば、わしがきみをそんな気分にさせてやろう！　さて、紳士淑女諸君、どうかこちらに注目してくれたまえ。よく見て――袖には何も隠していないね――
（ハルがテーブルを拳で殴る。衝撃で皿がカチャカチャ音を立てる）
ハル　（怒って）黙れと言ったはずだ！
メイミー　（おびえて）ハル……！
フォーサイス　ハルは爆発寸前だぞ、アヴァンティ。
ハル　誰がそうならないというのだ？　家を失うのだぞ！
アヴァンティ　（からかうように）で、誰が家を失うと言っているのかね？
ハル　（荒々しく）抵当権を持っている銀行だよ、この重度の麻薬中毒者が！
アヴァンティ　アヴァンティはそうではないと言っている。（間を置く。一同は息を呑んでアドリブの反応）ああ、諸君の顔が明るくなったな。わが友よ、そのための準備はすべて整えたよ。
メイミー　ミスター・アヴァンティ、わたしたちは家を失わずにすむの？
アヴァンティ　そうさ、メイミー、おまけに、われわれは長い、長い余生のための充分な現金も得ることができるだろうな。（間を置く）
ハル　おまえさんは、この寒さでいかれてしまったらしいな。

フォーサイス　何か不正なことをしたのか！
アヴァンティ　（気取って）不正なことは何一つないのだ、フォーサイス。
ハル　だが……アヴァンティ、おまえさんは真面目に話しているのか？　どうやったら、家を守ることができるというのだ？
アヴァンティ　わしの指示に従って――わしを信頼するのだ。
メイミー　（しゃがれ声で）わたしたち、何をしなくちゃいけないの、アヴァンティ？
アヴァンティ　ただ単に、そのときが来たら、この家の外に出る。そして、一晩中、離れた場所でぶらぶらする。それだけだ。
ハル　（辛辣な口調で）で、おまえさんは何をするのかな――この家を全焼させるのか？
フォーサイス　そんなことをしても、何のメリットもないぞ。あたしたちの火災保険は失効しているからな。
メイミー　（いぶかしげに）あなたたち二人は――黙っていてちょうだい。アヴァンティ――あなたは、わたしたちに一晩、この家から離れることを望んでいるのね――そして、それがこの家を救うことになるのね？（アヴァンティ「そうだよ、メイミー」）
ハル　おれには、おまえさんが魔術を使うとしか思えないな、アヴァンティ。
アヴァンティ　（まさにその通り、といった感じで）さよう、ミスター・ドーヴァー――魔術を使うのさ。
（音楽）

第二場　クイーン警視の執務室、二日後

（音楽に執務室のドアが開く音が割り込む）

ヴェリー　大先生《マエストロ》とポーター嬢ちゃんを連れてきましたぜ、警視。

警視　（離れた位置で）ご苦労、ヴェリー。二人とも、入ってくれ。（ドアが閉まる）

エラリー　市警本部からの急ぎの呼び出しということは、事件なのですね、お父さん。

ニッキイ　（熱心に）事件なのね、警視さん？

警視　（声が近づく。くつくつ笑っている）事件なのだ、ニッキイ――ただし、何が事件なのかは、わしにはわからんがな。エラリー、アヴァンティ氏と握手してくれ――スティール氏とも。――こっちはわしの息子のエラリーと、その秘書のポーター嬢だ。（一同、アドリブで対応）せがれよ、実のところ、これは警察の仕事ではないのだよ――

ヴェリー　警視とあたしは、この仕事はあなたの方がずっと適任だと考えたわけですよ、大先生。（小声で）いかれた人向きなので。

エラリー　（くすくす笑いながら）興味をそそられるね、部長。

警視　まずは、わしから説明しようか、せがれ。こちらのスティール氏は、かなり裕福な実業家で、珍しい趣味を持っておる。

ニッキイ　スティールさん、わたし、あなたを見たことがあると思うけど。最近出た雑誌で、あなたについての写真入りの記事を読んだわ。
スティール　（笑いながら）それは私だよ、ポーターさん。
ニッキイ　あなたの趣味って、魔術のトリックを集めることじゃなかったかしら？
スティール　そうだ、その通りだ。私は魔術師の世界では有名なアマチュアなのさ。魔術については、魔術師よりも詳しいのでね。だろう、アヴァンティ？
アヴァンティ　（いんぎんに）スティールさん、あなたはわしの不運な同業者たちにとって、悩みの種になっていますな。
ヴェリー　スティールさんは、魔術のトリックをあばいてしまうのですよ、大先生。魔術師連中がトリックを使うと――この人はそのトリックをあばくというわけです。
エラリー　（興味をそそられて）なるほど。
警視　数年前からスティールさんは、プロの魔術師に二万五千ドルの賞金を出す、という提案をしている。彼が二十四時間以内に解くことができない魔術のトリックを披露することができたら、賞金を出すというのだ！
エラリー　（楽しそうに）すばらしい。あなたはさしづめ、「魔術を解き明かす探偵」というわけですね、スティールさん？
スティール　（得意げなくすくす笑い）そうだよ、きみ――トップクラスの魔術師連中が二万五千ドルを手に入れようとして――まだ誰も手に入れていない。
ニッキイ　スティールさんは、これまで考案されたあらゆる魔術のイリュージョンを見破ってきたのよ、エラリー。

アヴァンティ　スティール氏は、わしの魔術は見破ることはできないだろうな。

警視　これでわかっただろう。アヴァンティはスティールさんの挑戦を受けて立ったわけだ。

ヴェリー　この人は、自分ならスティールさんさえも欺くトリックを披露できる、と主張しているのですよ。

ニッキイ　あら、すてき！　あなたが披露するイリュージョンは何なの、アヴァンティさん？

アヴァンティ　（当たり前のように）わしは跡形もなく消え去るのですよ。（間を置く。それから面白がっている笑い声が広がる）

エラリー　（くすくす笑いながら）でも、それは目新しいとは言えませんね、アヴァンティさん。フーディニは、劇場の満員の観客が見守る中、一頭の象を消したことがありますよ。

警視　わし自身、あの魔術王がそれをやったのを見たことがあるぞ。

スティール　（見下すように）すべての消失関係のイリュージョンは、鏡か仕掛けを用いたものなのだ。そんなカビの生えたトリックだったら、何を使っても、私を欺くことはできないよ、アヴァンティ。

アヴァンティ　（静かに）だがスティールさん、わしは鏡も仕掛けも使わないのだ。

スティール　ほう？　アヴァンティ、その言葉を守ってくれよ！

エラリー　（とても興味深そうに）仕掛けを使わないのですね、アヴァンティさん。そうだ！　あなたが警察に来た理由を尋ねてよろしいですか？

ヴェリー　失踪人課の事件になるからですよ。そうでしょう？（高笑いをする）

アヴァンティ　イリュージョンを、スティールさんが一点の曇りもなく納得する状況下で行いたい、と考えているからです。

警視　実はな、エラリー、アヴァンティは、かつてのヴォードビルの芸人仲間と共同で、チェルシー（マンハッタン南西部）に二階建ての褐色砂岩の家を所有しているのだが、そこが差し押さえの危機に瀕していて――

ヴェリー　一昔前の建物の一つでしてね、大先生。頑丈な砂岩でできた同じ型の家がいくつも棟続きになっているやつです。（エラリーはアドリブで反応）

ニッキイ　だからアヴァンティさんは、家を救うために、スティールさんの賞金を手に入れたいわけね？　スティールさん、申し訳ないけど――今から、わたしはアヴァンティさんの味方につくわ！（一同、笑う）

スティール　（気取って）楽しみが増えたよ、ポーターさん。鏡も仕掛けも使わずに、跡形もなく消える、とはね……！（心の底から見くびった笑い）

エラリー　アヴァンティさん、あなたのイリュージョンでは、その家をどのように使うのですか？

アヴァンティ　うむ。まず最初に、家を調べてほしいのだよ、クイーン君。地下から屋根まで、屋内も屋外も――。スティールさんを満足させるために、家のどこにも、スライドする羽目板や、秘密の通路や、地下道や、秘密の隠れ場所がないことを調べてほしいのだ。

ヴェリー　あたしの考えた解決が、どこかに行ってしまいましたな。（警視は笑う）

アヴァンティ　次に――クイーン警視は署の警官を動員して、家の各出口に配置してほしい。わしがそこから脱出しないように見張っていてほしいのだ。あなたが必要十分だと考えるだけ多く――屋根の上にも、地下にも、裏庭にも、ドアと窓にも。――実際、もしあなたが、家の周りに充分な人間警戒網を張らなかったならば、わしは侮辱されたと感じるでしょうな。

警視　（くつくつ笑いながら）あなたは、自ら消失を不可能にしたことをわかっているのでしょうな、アヴァンティ。

アヴァンティ　おお、それこそが、イリュージョンの本質なのです！　最後に、あなた方全員が見ている前で、わしは一人で家に入ります。だが、あなた方は、家の中を調べても、わしを見つけることはできません――わしが消失したからです！（きっぱりと）それから、スティールさん、あなたはわしの消失の謎を二十四時間以内に解くか――さもなくば、わしに二万五千ドルを払うわけです。

スティール　あんたはいかれているようだな、アヴァンティ。だが、よし、やりたまえ。準備はいつできる？

アヴァンティ　（落ち着いて）今夜だ！

警視　だが諸君、わしの協力をあてにしてもらっては困るぞ。この件に部下を動員することはできん――犯罪がからむわけではないので――

アヴァンティ　警視――お願いします――特例ということで――

エラリー　お父さん……。少しの間、お二人は席を外してもらえませんか。（スティールとアヴァンティはアドリブをしながら離れていく。エラリーはマイクの近くで小声で）お父さん――アヴァンティに協力してください。
警視　だがせがれ、こういったことに警官を使う口実がないぞ――
ニッキイ　（小声で）あら、警視さんなら口実を見つけることができるはずよ。アヴァンティさんにとっては、重要な意味があるのだから――
ヴェリー　やれやれ。やっこさんは、頭がいかれているか、名前を売りたいだけですぜ。
ニッキイ　（くってかかる）あの人はどちらでもないわ――仕事がなくなってしまった小さなグループのためにやっているのよ、部長さん！　あの人たちには二万五千ドルが必要なのよ――自分たちの家を守るために！
警視　それが事実であることは、こっちもわかっているが――
エラリー　一つ、ここはゲームに参加しましょう、お父さん。アヴァンティにつきあって遊ぶのです。あなたの親切心を、ぼくに見せてください。
ヴェリー　われらがボスは何と答えますかね？　きっと、三文字の言葉を言いますな！
ニッキイ　警視……駄目かしら？
警視　ううむ……（ぶつくさ言う）ええい、わかったよ。
エラリー　（てきぱきと）ありがとう、お父さん。アヴァンティさん――スティールさん！
警視　わしは頭の検査を受けた方が良いな。だがまあ――引き受けるよ、お二人さん。（二人はアドリブをしながら戻ってくる）アヴァンティ、今夜九時に自分たちの家から消失する準備にとりかかりたまえ！

第三場　ヴォードビル芸人たちの家の外

（音楽が高まり……道路を走る車の音が割り込む。数名のざわめきが近づく）

メイミー　ハル、本当にアヴァンティは、うまくやってのけると思う？

ハル　おれは思っているんじゃないよ、メム――願っているんだ。

フォーサイス　あのスティールとかいう男は、アヴァンティと同じようにいかれているに違いない。それにしても、仕掛けを使わないとはね！　そんなことは不可能だよ。どうしてかというと、二十七年も昔に、あたしが〈ニューヨーク・パレス・ホテル〉で主演をつとめたときに……

アヴァンティ　（近づいてくる）ああ、わしらは知っているよ、フォーサイス――きみがそのとき、観客の拍手喝采を浴びたことを。（やさしく）メイミー、笑いたまえ。家は取り戻したも同然だよ。

メイミー　アヴァンティ――お願い――しくじらないように――

ハル　（うわずった声で）アヴァンティ――そのう……幸運を祈るよ。

フォーサイス　（同じく、うわずった声で）アヴァンティ、あたしはきみに反対したりはしないよ。

あたしは――そう、人はこんなひどい状況に追い込まれたら――

アヴァンティ　（静かに）わかっている。それに、わしはきみたちを失望させずにすむと思うよ。

警視　（じれったそうな声が近づく）きみたちは、こちらに来たまえ――聞いているだろうが、家の中にいてはならん。ドーヴァーさんと奥さん――フォーサイスさん――（彼らはアドリブで対応）

エラリー　そうです――決めたことに従ってください。ことが終わるまで、みなさんは角のカフェテリアで待っていてください――

ニッキイ　それに、心配しなくていいわ、ドーヴァーの奥さん。わたしは予感がするのよ。アヴァンティさんは――本当にやってのけるっていう予感が。

メイミー　おお、わたしもそう望んでいるわ、ポーターさん。（遠ざかりながら）ハル――フォーサイスさん――（三人はアドリブを交わしながら遠ざかる）

アヴァンティ　（その背中に声をかける）アヴァンティは、「ベーコンを家に持って帰る（「成功する」の意味）」からな！（声を戻して）さてと。諸君は納得しましたかな？　スティールさんはどこかね？

スティール　（離れた位置で）私ならここだよ。（近づきながら）準備はいいかね、アヴァンティ？

アヴァンティ　（いんぎんに）スティールさん、あなたが良ければ。

警視　ちょっと待ってもらおう。ヴェリー！（離れた位置でヴェリーがアドリブ）急げ――もたもたしていると、記者連中がこの件を嗅ぎつけるぞ。

エラリー　警官の配置は終わったかい、部長？

ヴェリー　（息を切らして――近づいてくる）バッチリですよ！
アヴァンティ　スティールさん、あの家には秘密の通路も隠れ場所もないことを確認しましたかな？
スティール　ああ、間違いない――私が自分で調べたからな、しかし――
警視　では、ＯＫですな、スティールさん。うちの専門家に上から下まで家を調べさせました。彼が言うには、正規のドアと窓、それに屋根と地下以外には、あの家から出る手段はないそうです。
エラリー　ぼくも証人になりましょうか、スティールさん。ぼくも自分で調べましたから。
ニッキイ　あの家は今、完全な空き家なのね、部長さん？
ヴェリー　ああ、そうですよ。あそこでは一匹のゴキブリに会っただけです。やつはあたしにキスしましたよ。誰かに会えて嬉しかったのですな。（ゲラゲラ笑う）
警視　そいつはトニー・パスター（ニューヨークで劇場を始め、ヴォードビルを普及させた）の劇場で笑いをとれるな。来い、ヴェリー！　警官連中はどうなっておる？
ヴェリー　大丈夫です、警視。すべての場所を囲んでますよ。屋根にも八人の警官を配置して、屋根に出る跳ね上げ戸を見張っていますし。心配ご無用です、警視、あいつは出ることはできませんよ。
警視　わかった、ヴェリー。ではアヴァンティさん、行きたまえ！
アヴァンティ　そうさせてもらいましょう、警視。今からきっかり二時間、わしはあの家の中にいますので、あなたの部下の方々には、邪魔をしないようにしてほしい。十一時になったら、家に入って——（笑う）わしを見つけ出してみたまえ。

警視　ヴェリー、玄関前の階段までは、おまえがアヴァンティについていけ。そして、彼が家に入ったことを確認するのだ。（アヴァンティは再び笑う）

ヴェリー　（遠ざかる）ほらほら、魔術師さん。あんたは消えるんだよ、兄弟。（アヴァンティは落ち着いたアドリブをしながら遠ざかる）

エラリー　（呼びかける）幸運を祈ってますよ、アヴァンティさん！

ニッキイ　（同じく呼びかける）そして、わたしたちがあなたにお会いできなくなるのを、楽しみに待っているわ！

スティール　（くすくす笑いながら）心配しなくていいよ、ポーターさん——彼には、またお会いできるから。（離れた位置でドアが開く）

ヴェリー　（離れた位置で）さあ、入るんだ、アヴァンティ！

アヴァンティ　（遠ざかりながら）アディオス！

警視　目を離さないでくださいよ、スティールさん。わしらは後で、あなたに「アヴァンティは家に入っていなかった」なんて言われたくないのでね。（離れた位置でドアが閉じる）

スティール　確認したよ。あの男は中に入った。

エラリー　（呼びかける）部長、そこで、玄関のドアに背中をもたれかけたままにしておいてくれ！

ヴェリー　（離れた位置で）あの男があたしを通り抜けるには、隙間からにじみ出なくちゃなりませんよ、大先生！
ニッキイ　これから二時間待つわけね。……スティールさん、この階段の一番下で、わたしの隣りに腰掛けたらどうかしら。
スティール　喜んで、お嬢さん。（くすくす笑う）もしアヴァンティが、これからあの家を抜け出すことができたら——まさしく魔法使いだな！

第四場　同じ場所、二時間後

（音楽が高まり……そこに声が割り込む）
ニッキイ　（あくびをしながら）わたし、この件ではハラハラドキドキすると思っていたけど、今のところ、重度のあくびを患《わずら》っただけね。
警視　そろそろ時間じゃないか、エラリー？
エラリー　ええ、お父さん。あと一分で十一時です。
スティール　二時間か。彼には二世紀が必要だな！（笑う）
ニッキイ　笑うのは早いわ、スティールさん。あら、ヴェリー部長がこっちに戻ってくるわ。
警視　ヴェリー、急いでこっちの玄関前ポーチに来い！　部下たちから何か報告は？
スティール　（鋭く）見張りの警官たちの報告を聞いてきたかね、部長？

ヴェリー　（疲れた声が近づいてくる）ええ、スティールさん。全員が同じことを言いましたよ――「アヴァンティは出ていない」と。

エラリー　屋根はどうですか、お父さん？

警視　（呼びかける）屋根の上のみんな！

男　（屋根の上からの声）何ですか、警視？

警視　おまえたち、屋根の上は何も問題はないか？

男　アヴァンティはこっちを通って出てはいませんよ、警視！　なあ、おまえたち？（屋根の上からの男たちの声が同意を表わす）ねえ、警視、この任務はいつ終わるのですか？　おれたち、興奮して死にそうなんですが。（警官たちの笑い声）

ニッキイ　きっかり十一時になったわ。家に入って見てみましょう！

警視　そうだな、さっさと片付けてしまうとするか。よし、ドアを開けろ、ヴェリー。（ヴェリーはアドリブで応じる）

スティール　（鋭く）待て、部長！（笑い出す）今、わかったよ、何とまあ。（元気よく笑う）悪魔のようなトリックだな！　ＡＢＣのように簡単でもある。

エラリー　何が「ＡＢＣのように簡単」なのですか、スティールさん？

スティール　いいかね、クイーン。アヴァンティは、丸々二時間もここでわれわれを待たせることによって、観客の――この場合はわれわれの――心理状態を高めたわけだ。もちろん、彼はまだこの中にいる。だが、玄関広間のどこかに隠れて、われわれが入ってくるのを待っているのだ！

ニッキイ　すると、わたしたちは、せかせかと上の階に向かう！

スティール　正解。そのあと、彼はただ単に、われわれが監視をやめたこの玄関ドアから、こっそり抜け出すだけでいいのさ！

エラリー　もちろん、それがアヴァンティの計画だという可能性もないわけではありませんよ、スティールさん。でも、ぼくにはどうも――

警視　まあ、その可能性がある限りは、つぶしておこう。ヴェリー、わしらが家の中に入っている間、この玄関ドアを見張っておれ。このドアの前から一歩たりとも動くなよ。

ヴェリー　二時間も待たされたあげくにやらされることが、これですかい？　わかりましたよ！

ニッキイ　エラリー、お願い――ドアを開けてちょうだい！

エラリー　（くすくす笑いながら）では、行こうか。（ドアを開ける。効果音をはさむ。シーンのこの時点から終わりまで、聴取者が期待するに違いないことは――家の中で殺されているアヴァンティが見つかることだろう。もちろん、彼はそうならない。だが、ＢＧＭを使ってサスペンスは高めておくこと）

第五場　ヴォードビル芸人たちの家の中

警視　アヴァンティ！（ドアが閉まる）この玄関広間に隠れているようには見えないな。人が隠れることができる場所はない。

ニッキイ　いやに静かじゃなくって？（間を置いて）アヴァンティさん！　あら、ねえ――警視さん、エラリーとスティールさんはどこに行ったの？　あの二人も消えたなんて、言わないでね！

警視　二人は階下《した》の部屋を調べているよ、ニッキイ。

エラリー　（離れた位置から）ぼくはこっちです、お父さん。（近づきながら）彼はこっちの階下《した》にはいませんでした。スティールさん！　そっちは見つかりましたか？

スティール　（近づきながら）いや、彼は上階《うえ》にいるに違いないな。（遠ざかりながら）おいアヴァンティ！　そこから出て、降りてこい！

警視　わしらも上階《うえ》に行こう。（アドリブを交わしながら階段を上がる）アヴァンティ？

ニッキイ　もしあの人が本当に消えてしまったのなら、わたしが今まで聞いた中で、もっとも驚くべき出来事だわ！（足音が停まる）あら、スティールさん。

スティール　（室内を出ながらの声）彼はここの寝室にはいなかった。アヴァンティ！（ドアが開く。室内に入りながらの声）クイーン、きみはあっちの部屋を調べてくれ！（エラリーはアドリブで応じる。離れた位置でドアが開く。別のドアも次々と開く。この間ずっと、どの部屋でも見つからなかったことを示すアドリブを行う）

エラリー　この中にもいませんね。（ドアの奥を調べ終えて）お父さん、屋根に出ることができる跳ね上げ戸がありましたね。そこに通じる階段は調べましたか？

警視　（離れた位置から）そこにも隠れていなかったぞ、エラリー。（近づいてくる）さて、スティールさん、これはまるで――
スティール　いや！　われわれが見逃したドアが一つある。それは――
エラリー　ああ、そうですね。アヴァンティ自身の部屋が――
スティール　だったら、あいつはそこにいることになる。（ドアを叩く音）ゲームは終わりだ、アヴァンティ。おまえを捕まえたからな。（笑い。間を置く。怒って）往生際が悪いぞ、アヴァンティ。このドアを開けて、みっともない愚かな真似をやめるんだ！
エラリー　（皮肉っぽく）あなたがドアを開けてみたらどうです、スティールさん。ドアに鍵はかかっていないと思いますよ、ほら。（ノブを回す。ドアがたわむ音）いや、鍵がかかっている。
警視　よし、開けろ、エラリー。
ニッキイ　わたし、どうして自分がこんなに神経質になっているのか、わからないわ。開けてちょうだい、エラリー！
スティール　（怒って）馬鹿げている。あいつはこの中にいなくちゃならん――家の他の場所にはいなかったのだからな。よし、私がドアを蹴破ってやる！（音楽がやむ。ドアを蹴る。ドアがバンと開いて壁にぶつかる。間を置く。それからニッキイが笑う）
ニッキイ　（笑いながら）あの人がいる可能性が存在するたった一つの部屋が――空っぽだわ！
警視　何ということだ、あの男はやってのけたのか！
スティール　それはあり得ない！（少し離れて）あいつはこの洋服簞笥のどれかに隠れているの

さ！（離れた位置でドアが開く。別のドアも）出て来い、アヴァンティ！　こっちにもいないのか……

エラリー　（落ち着き払って）あなたはこのメモに興味を持つのではありませんか、スティールさん。ぼくがたった今、アヴァンティのベッドの上で見つけたメモです。

スティール　（すばやく近づいてくる）メモだと？

ニッキイ　エラリー、わたしにも見せて！

警視　（くつくつ笑いながら）あの魔法使いもどきは何と書いているのだ、せがれ？

エラリー　（読み上げる）「諸君。きみたちがこの家の中を最後の審判の日まで探したとしても、わしを見つけることはできないだろう――わしがここにはいないという単純な理由によって。スティールさん、あなたは、わしが跡形もなく消えた方法を、二十四時間以内に見破ってみたまえ――もしそれに失敗したら、二万五千ドルをわしに払ってもらおうか」

警視　（ほとんど畏敬の念で）署名は――〈グレート・アヴァンティ〉！

（音楽が高まり……次のシーンに入る）

第六場　同じ場所、二十四時間後

ヴェリー　（いらいらして）聞いてくださいよ、スティールさん。何回説明しなくちゃならないのですかね……アヴァンティは、あたしの目の前で、この玄関ドアから抜け出してなんかいませんよ！

スティール　（今では荒れている）だが……あいつはどうにかしてやったのだ！　あいつはどうにかして出て行ったのだ！

警視　（うんざりして）それを言っても何も進みませんな。

エラリー　（そっけなく）二十四時間まで、あと五分ありますよ、スティールさん。

スティール　あいつは出てはいない。あいつはまだ家の中にいるのだ！

ニッキイ　（退屈そうに）だったら、どこにいるの、スティールさん？　過去二十三時間五十五分の間に、あなたが実際に、家を隅から隅まで探したじゃないの。

スティール　警視——きみは、警官連中が今でも家の外の見張りから離れていないことを保証できるか？　彼らはまだ、自分の配置場所を離れるべきではない！　きみは私の許可を得たのか？

警視　なぜわしがあなたの許可を得なければならんのか、理解できませんな、スティールさん。だが、わしの部下は、昨夜配置についた場所を離れてはいませんよ。

スティール　ならば、あいつはどこにいるんだ？　私には理解できない！　たった一つの手がかりさえもない！　一つもだ！

エラリー　（礼儀正しく）ぼくはそれにには同意できませんね、スティールさん。

スティール　（ぽかんとして）何と言った、クイーン？

エラリー　実を言うと、これはとても単純な問題なのです。（くすくす笑う）

ヴェリー　あたしに言わないでくださいよ……大先生！
エラリー　（楽しそうに）言わせてもらうよ、部長。ぼくは、アヴァンティがどうやって消えたのかわかった、と。
スティール　（あえぎながらも食いつく）クイーン、どうやったのか私に教えてくれ——早く。時間切れになる前に！
ニッキイ　エラリー・クイーン、やめなさい！　この人は、自分の推理によって見抜くべきだわ！
エラリー　民衆の声を聞きましたね、スティールさん。
スティール　もしきみが、アヴァンティがどんなトリックを使ったのかを教えてくれたら、五千ドルを払うぞ、クイーン！
ヴェリー　（うなる）せこいですな。
スティール　一万にしよう、クイーン君。一万ドルだ！
警視　汚い手を使いますな、スティールさん。
エラリー　部長、玄関ドアを開けてくれ。ぼくたちは、ポーチでアヴァンティが来るのを待っていよう。（ヴェリーはアドリブで応じる。ドアが開く。離れた位置で車が走る音がかすかに聞こえる。ドアが閉まる）
スティール　（恥も外聞もなく）一万五千ドルにしよう、クイーン。早く！
エラリー　スティールさん、ぼくはあなたが嫌いになってきましたよ。

警視　あなたは自分で決めた賭けに負けたくせに、家の外で待っている連中に汚い手を使うというわけか！

スティール　そうじゃない——これは私の名声の話で——これは——

ニッキイ　（勝ち誇って）時間切れよ！　この人は負けたわ——この人は負けたわ！（スティールは、まるで死にかけているようにうめく）

エラリー　（いかめしく）そう、あなたは負けたのです、スティールさん——（おだやかに）われらが四人の元ヴォードビル芸人が勝ったのです——（くすくす笑う）そして、〈グレート・アヴァンティ〉が、こっちに向かって通りを歩いてきます！

（音楽が高まり……そして挑戦コーナーに）

聴取者への挑戦

エラリー・クイーンはこの時点で、アヴァンティの消失トリックを見抜きました。彼が推理に用いた手がかりは、すべて、みなさんにも提示されています。続く解決篇でそれが明かされる前に、あなたも推理してみませんか？

〈グレート・アヴァンティ〉は、どうやって消えたと思いますか？

第六場　同じ場所、少し後

（音楽が高まり――そこに声が割り込む）

警視　文句はありませんな、スティールさん。さっさと出したまえ！

スティール　（不機嫌そうに）アヴァンティ、これが二万五千ドルの小切手だ。だが、私は今でも信じられないよ、きみがやってのけたなんて！

アヴァンティ　わしの仲間とわしから、お礼を言わせてもらいますよ、スティールさん。（くすくす笑う）

スティール　だが、きみはどうやって消えることができたのか、私に話してないぞ！　私は方法を知らないまま、たった今、きみに大金を支払ったことになってしまうじゃないか。

エラリー　（楽しそうに）そうですね、ぼくたちはスティールさんに説明すべきだと思いますよ――どうです、アヴァンティさん？

アヴァンティ　（驚いて）きみはわしのイリュージョンを解き明かしたというのかね、クイーン君？

ニッキイ　この人は、いつでも何でも解き明かすのよ、アヴァンティさん。エラリー――あなたが説明してちょうだい。

ヴェリー　あたしもあなたに言わせてもらいますぜ。――もしあなたが説明しないと、あたしは今夜は眠ることはできない、と。
エラリー　（笑う）では説明しましょう。われらが魔術師は家に入り、二時間後にぼくたちが家の中を調べると――彼はどこにも見当たりませんでした。自身が主張したように、跡形もなく消えてしまったのです。家から出ることができるすべての出口を見張っていた警官たちの報告では、アヴァンティさんは家を出ていないということでした。
警視　だが、彼は出て行ったぞ、エラリー――それが事実だ。
エラリー　その通りです、お父さん。――ならば、あなたの部下が、アヴァンティは家を出ていないと言ったとき、彼らは単に出ていないと思っただけだったということになります。そう、アヴァンティは出て行ったのです！
ニッキイ　あなたはこう言いたいのかしら？　アヴァンティさんは、本職の警察官が見張る中、誰にも気づかれることなく家から出て行った、と。
エラリー　それが唯一可能な説明だよ、ニッキイ。
ニッキイ　でも――どうやって出て行ったの？
エラリー　では、それはどんな状況だったのでしょうか？　家は警官に囲まれていました――二ダースもの――制服を着た男たちに！　屋根の上では――八人の制服警官が見張っていました。この八人の警察官について考えてみましょう。一人一人の警官は、どこを見ても、他の警官が――他の青い制服が――目に入ります。そして、警官の制服というものは、個性をほとんど消し去ってしまうのです。その上、アヴァンティさんは、巧妙にも、イリュージョンの時刻を、視界が不明瞭になる夜に定めました。（アヴァンティはくすくす笑う）加えて、屋根に配置された警官のグループがもっとも人数が多い点を考えるならば、ぼくはこう断言させてもらいます。アヴァンティさんは、屋根から逃げた——制服を着た警官に変装して、と。

スティール　（うめく）ああ、そうか！　何て間抜けだったのか——何て間抜けだったのか。

エラリー　裏付けはあるでしょうか？　あります。アヴァンティさんは、どう見ても数分で充分な消失のために、二時間を要求しました。なぜ二時間も必要としたのでしょうか？　なぜならば、すべての魔術師がそうであるように、彼もまた人間心理の研究者だったからです。——アヴァンティさんは、知っていました。二時間もあれば、見張っている警官がうんざりするであろうことを——彼らの警戒心がゆるむであろうことを。そうなれば、彼らが、体を温めたり、煙草を吸ったり、おしゃべりをしたり、体をほぐすために、屋根の上をあちこち歩き回ったりすることも予想できます。アヴァンティさんは、家の中から屋根に出る跳ね上げ戸ごしに警官たちを観察し、待ち構えていたのです——八組の目のどれも跳ね上げ戸を見ていない瞬間を。そして、その機会を一度でもとらえたならば、即座に音を立てずに屋根に抜け出たのです——警察官の制服で。かくして、夜中に屋根の上にいるアヴァンティさんは——他の法の守護者と区別がつかなくなったわけです。（一同、アドリブで反応）屋根に出るだけならば、変装しなくてもできたでしょう。しかし、彼はわかっていました。それでは、跳ね上げ戸からこっそり抜け出たあと、警官たちに気づかれることなく屋根から降りることは、決してできないということを。けれども、警察官の服を身につけていたならば、屋根に出たその瞬間からやらねばならないことは、自分の仕事に専念している八人の本物の警察官の間を、黙ってぶらぶらすることだけです……彼が隣の家の屋根にするりと移る機会を見いだすまで。――この家は、棟続きの住宅の一軒だということを思い出してください。――そして、何軒か離れた家まで逃げ出し、そこから通りに降りたわけです。

警視　（笑いながら）この男は、大人数の警察官に見張りをさせることによって、わしらの存在がトリックを可能にするように仕向けたわけか！

ニッキイ　でもエラリー、アヴァンティさんは、どこから警官の制服を手に入れたの？

エラリー　その点については、一つだけ手がかりがありました。ぼくたち全員が、この家に住んでいる早変わり芸人のフォーサイスさんの話を聞いたことがあったでしょう。彼は、昔使っていた舞台用トランクを自分の部屋に置いていると言っていました。では、ヴォードビルの全盛期にフォーサイスさんは、どんな寸劇を演じていたでしょうか？　彼はかつて、「ＮＹＰＤ（ニューヨーク市警本部）のライリー」で、七つの役すべてを演じたのです！　ならば、フォーサイスさんのトランクの中には、ニューヨークの警察官の制服がなければなりません！　アヴァンティさん、すばらしい魔術師と握手をさせてもらえないでしょうか。

アヴァンティ　（恐れ入ったという感じで）いやいや、クイーン君、わしはその名誉を受けるわけにはいかん。謙遜しているわけではないのだ、クイーン君――〈消える魔術師〉のイリュージョンを解くように挑戦する相手がきみではなくて、わしは幸運だったよ！

（一同は笑い、音楽が高まる）

今夜お送りするニッキイとぼくの冒険は、路上で停車中のタクシーを調べたぼくたちが、運転席で死んでいる男を見つけたことから幕を開けます。ぼくはこの物語をこう呼びました——

タクシーの男の冒険

The Adventure of the Man in the Taxi

登場人物

探偵の	エラリー・クイーン
その秘書の	ニッキイ・ポーター
エラリーの父親で市警本部の	クイーン警視
クイーン警視の部下の	ヴェリー部長刑事
交通巡査の	リーガン
緊急搬送病院の係員の	ジョー
タクシー運転手の	ジュリアス・ダフ
上流階級の有名人の	ハーリー・ウォーターフィールド
その妻の	ウォーターフィールド夫人
下宿屋の女主人の	マクベス夫人
下宿人の	ヴァレリー・ブライス
下宿人の	グロリア・スコット
下宿人の	マーシャ・マディソン

放送　一九四二年十二月三日

場面　五番街と四十二番通りの交差点——緊急搬送病院——クイーン警視の執務室——マクベス夫人の下宿屋

第一場　五番街と四十二番通りの交差点、夕方

（音楽が高まり……そこに車が行き交う音が割り込む……）

警視　もしニッキイが、家まで車を飛ばして夕食をとろうと提案してくれなかったら、エラリー、わしらはまだ執務室で宝石盗難事件の書類に埋もれていたな……わしはもう、待ちきれんよ。

エラリー　（くすくす笑いながら）お父さん、あなたは前言を撤回することになるでしょうね——ニッキイのスクランブルエッグを味わった後では。

ニッキイ　エラリー・クイーン、わたしは目隠しをしたってスクランブルエッグを作ることができるのよ！

エラリー　それが、きみが作るときのやり方なのだろう、ニッキイ？

警視　静かにしろ、二人とも。ヴェリー、今、どのあたりだ？

ヴェリー　あたしはカミさんに電話して、夕食は家でとれないと伝えなくちゃいけないのですが……ええと、五番街と四十二番通りの交差点ですな、警視。あーあ！　赤信号か。（車を停める）

エラリー　何とも気になりますね、お父さん——その連続宝石盗難事件のことですよ。すべてが上流階級の大規模なパーティで、しかも、過去二ヵ月の間に七回も起きています。
警視　保険会社の連中も気になっているぞ、せがれ——五十万ドルの損失だからな。よし、ヴェリー——緑になったぞ。
ヴェリー　あたしは色盲じゃありませんよ、警視！　あいにくと、前のタクシーのせいで、進めないのですよ。（呼びかける）おい、そこのタクシーの運転手！　緑の信号が見えないのか？
警視　クラクションを鳴らせ、ヴェリー——わしは餓死しそうだ。（クラクションの音）
ニッキイ　たぶん、エンストなのよ、部長さん。
ヴェリー　もしそうだとしたら、ポーター嬢ちゃん、あいつは何もしようとしていないことになりますな。おい、そこのタクシー！（マイクの前で大きな途切れ途切れのクラクションの音）
エラリー　タクシーの乗客も、せっかちなようですね。今、車から飛び出してきましたよ。女の人が出てきて——走り去って行きます！
ニッキイ　彼女を責められないわね。（離れた位置でクラクションの一斉砲火）
警視　よし、ヴェリー、あいつにクラクションを鳴らしてやれ。
ヴェリー　その必要はありませんよ。後ろの連中の音を聞いてください。
エラリー　ちょっと待ってください！　お父さん——あの運転手の頭、ハンドルにもたれかかっていませんか？
警視　そうだな。眠っているに違いない。運転手の仕事は夜も昼もないからな。（離れた位置でさ

らにクラクションがブーブー鳴る）

エラリー　いや、お父さん、何かまずいことがあったようです。行きましょう！（車のドアが開き、車の騒音が大きくなる。歩道を走る足音）

交通巡査　（離れた位置で）おい、そこの運転手！　ラッシュアワーの最中に交通渋滞を引き起こすつもりか？　車を出せ、きさま！　さもないと、民事裁判所まで引っ張っていくぞ！（声が近づく）こんにちは、クイーン警視。（警視「やあ、リーガン」）ただちにこいつを行かせますよ、警視。ほらおまえ、行きな。車を出して――

警視　ちょっと待て、リーガン。ふむ、わしが見たところ――この男は眠っているのではない――死んでいるのだ！（タクシーのドアを開く）

ニッキイ　死んでいるですって！　ああ、何ということかしら――

エラリー　お父さん、首の後ろを刺されていますよ！　長い、細身のナイフのようですね。タクシーの中には何も見つかりませんが。

警視　夕食のために殺人に出くわさずに車で家に帰ることさえできんとはな。（どなる）ヴェリ、い、いい、いい――こっちに来い！

ニッキイ　でもエラリー、この人は、赤信号で車を停めたときには元気だったはずよ。

エラリー　この男は、ぼくたちが信号が変わるのを待っている間に殺されたわけだ。

ニッキイ　それならわたしたちは、殺人が行われた瞬間を実際に見たわけね――わずか数分前に！

エラリー　そうだ、ニッキイ、五番街と四十二番通りの交差点で――世界中でもっとも混み合っている街角で――行われた殺人だ。
交通巡査　（離れた位置で）さっさと離れろ！　さっさ―と―離れろ！
警視　しかも、何百人もの人々が見ている中で――まさしく、わしらの目の前で行われたわけか。何ということだ！
エラリー　（落ち着いて）ぼくたちは、誰がやったのかも見ていますよ、お父さん。
警視　タクシーから走り出た、あの女の乗客だな――もちろん。彼女でなければならん。ヴェリ、イ、イ、イ、イ、イ、イー！
ヴェリー　（離れた位置で）そこを通してくれ！（近づきながら）どうしました、警視？
警視　殺人だ。（ヴェリー「殺人！」）ヴェリー、このタクシーから出てきた女を見たか？
ヴェリー　もちろんです、かなり目立ってましたからね。つば広のタイプのでかい帽子をかぶって――それから、ドレスを着ていて――それから――
警視　（うなる）それから――ドレスを――着ていたのか。彼女の外見はどうだった？
ニッキイ　無駄よ、警視さん。わたしたち、あの人の後ろ姿しか見なかったでしょう。
エラリー　（少し離れた位置で）お父さん！　タクシーの中にあった、この身分証明書を見てください――
警視　名前、「ジュリアス・ダフ」。運転免許証の番号は――
エラリー　（近づきながら）いや、そこではなく、お父さん――写真を見てください！

警視　おや？　死んだ男は、この運転手の写真と似ても似つかぬ顔をしているぞ――！

ヴェリー　何ですって？　だったら、こいつは誰ですか？

ニッキイ　この顔、けっこう見かけるような気がするけど……

警視　ヴェリー、タクシー会社と連絡をとれ――タクシー運転手のジュリアス・ダフを捜し出すのだ！

エラリー　そしてお父さん、同じくらい重要な点は――この殺された男の身元を特定することです！

第二場　緊急搬送病院、二時間後

（エラリーとニッキイは、ニューヨーク市の緊急搬送病院で警視と合流する）

エラリー　お父さん、ぼくたちは今着いたところです。殺された男の身元は特定できましたか？

警視　あの男はハーリー・ウォーターフィールドだったよ、エラリー。

ニッキイ　ハーリー・ウォーターフィールドですって！　〈ニューヨークの四〇〇人（「ニューヨークの上流階級を代表する四〇〇人」の意味）〉のリーダー格の？　あの顔に見覚えがあったのも不思議ではないわね。そうでしょう？

エラリー　上流階級か……ふーむ？

警視　おまえも思い浮かんだようだな、エラリー――例の、上流階級を狙う宝石泥棒が。何かつながりがあるかもしれん……。ウォーターフィールド夫人を呼びにやって……今、ヴェリーが彼女と一緒にいる。（ヴェリーとウォーターフィールド夫人がアドリブを交わしながら近づいてくる）ウォーターフィールド夫人ですな？　わしはクイーン警視。それにミス・ポーターと、せがれのエラリー……（一同、アドリブで挨拶を交わす）

ウォーターフィールド夫人　はじめまして。（心配そうに）ヴェリー部長さん、ここは緊急搬送病院ではありませんの？

ヴェリー　ええと、その――あのですねえ、ウォーターフィールドの奥さん……

ウォーターフィールド夫人　夫が！　夫に何かあったのね！

警視　（やさしく）どうか、わしと一緒に来てくれませんかな？

ウォーターフィールド夫人　わたくし……気が遠く……なりそうだわ。（ドアが開く）

ニッキイ　さあ、ウォーターフィールドの奥さま、腕をわたしに預けて……

ヴェリー　（ささやく）警視、今からちょっと離れて、かみさんに電話をかけてきてもかまいませんかね？

警視　（同じようにささやく）後にしろ、ヴェリー！（ドアが閉まる）落ち着いてください、ウォーターフィールド夫人……こちらです……。

係員　（老人の声が――近づく）よう、警視。今回はどいつだ？

警視　（低い声で）タクシーの男だ、ジョー。

係員　ああ、あいつか。こっちだ、警視。

警視　ここからは気をしっかり持ってください、ウォーターフィールド夫人。ヴェリー、シートを外せ。
ウォーターフィールド夫人　（悲鳴を上げる）ああ！　ハ、ハ、ハーリー！　（せきを切ったように泣きだす）
警視　もういいぞ、ヴェリー。
ニッキイ　エラリー、そこでぼんやり突っ立っていないで。何か飲み物を持ってきて！
エラリー　これを、ウォーターフィールドの奥さん、このフラスコをどうぞ……。
ウォーターフィールド夫人　（泣きじゃくりながら）おお——ハーリー……ハーリー……
警視　ご主人はタクシーの中で見つかりました、ウォーターフィールド夫人……殺されて。
ウォーターフィールド夫人　殺されたですって！　ハーリーはこの世に敵は一人もおりませんでした！（毅然として）クイーン警視、わたくしの夫を殺した人《マン》を、探し出してください。
エラリー　（おだやかに）犯人は男《マン》ではありませんよ、ウォーターフィールド夫人。
ウォーターフィールド夫人　男ではない？　あなたが言いたいのは——女だと？
警視　ええ、犯人は女なのです。あなたのご主人には、そのう……
ウォーターフィールド夫人　（取り乱して）いいえ——そんなことはありません、警視。夫がそんなスキャンダルに巻き込まれたことなど、一度もありません。ハーリーは他の女性には目もくれませんでした。そんなことはありません！
ニッキイ　ウォーターフィールドの奥さま、もう少し飲まれてはいかが——（アドリブで応じる）
警視　あなたのご主人は裕福でしたかな？

ウォーターフィールド夫人　（ぼんやりと）何のことです？　ええ、わたくしはいつも、そう思っておりましたが。

エラリー　「そう思っておりました」ですか、ウォーターフィールドの奥さん？　確信がないのですか？

ウォーターフィールド夫人　ハーリーは、わたくしには財政上の話は決してしませんでしたから。当然、裕福だと思っておりました――わたくしたちの暮らしぶりから――

警視　ご主人は働いていなかったのですか？

ウォーターフィールド夫人　ええ。夫はわたくしの資産を運用しておりました。わたくしは、父からかなりの財産を相続したのです。ハーリーとわたくしが……結婚してほどなく。

エラリー　ウォーターフィールドの奥さん、あちこちの上流階級の家で、過去二ヵ月にわたって、きわめて巧妙な宝石の盗難がありました。そういった盗難事件の一つが、あなたのお宅でも起きませんでしたか？

ウォーターフィールド夫人　はい、クイーンさん――感謝祭のときに。泥棒は晩餐会の間に盗みました。わたくしのダイヤモンドの首飾りが――高価な家宝が盗まれました。

係員　（近づきながら）おまえさんに電話だよ、警視。電話機はこっちだ。

ヴェリー　あたしが出るよ、ジョー。（受話器を取り上げる）ああ……ああ……よし、すぐに行く。（受話器を戻す）警視、タクシー運転手のジュリアス・ダフを、ペンシルヴェニア駅で引っ捕らえました――やっこさん、ニューヨーク市から逃げようとしていましたぜ！

警視　そんなことをやったのか。ふーむ？　ウォーターフィールド夫人、われわれと一緒に、市警本部に来てもらえませんかな？　その男と――車の以前の持ち主らしき人物と――面識があるかもしれません。

ウォーターフィールド夫人　（しっかりした声で）喜んで同行しますわ、警視。

ニッキイ　持ちこたえられる自信はあるのですか、ウォーターフィールドの奥さま？

ウォーターフィールド夫人　わたくし、今はもう、すっかり大丈夫ですわ、お嬢さん……。あなたに手助けしてもらわなくてはならないけど――お願いするわ！

エラリー　ウォーターフィールドの奥さん、ぼくたちには、あなたの手助けが必要なのです。いいですか、あなたの夫は――ニューヨークの社交界でもっとも有名な人物の一人は――そのタクシーを自分で運転していたのですから！

（音楽が高まり……そこに……）

第三場　クイーン警視の執務室、しばらく後

警視　それで、おまえがタクシー運転手のジュリアス・ダフだな？

ダフ　（おびえて）あっしは何もしてませんよ、親分さん。誓って、何も……

ヴェリー　何があったんだ、ジュリアス？　警視はおまえとつきあう気はないぞ。

ダフ　はい、旦那。今日の午後五時頃ですが……あっしは自分の客待ち場に車を駐めていて……

今日はツイてなくてねえ、メーターは五ドルちょっとでねえ――そんなとき、伊達男が近づいてきて、こう言うんですよ。「そのタクシーを貸してもらうわけにはいかないかね?」ってね。あっしは言ったんですよ……「いいですとも――乗ってください、お客さん」ってね。彼はこう言うんですよ。「私が言いたいのはこうだよ。数時間、きみのタクシーを私に運転させてくれないか?」ってね。ええ、親分さん、今日はツイてなくて……

警視　それはさっきも言ったぞ、ダフ。手短に話せ。

ダフ　はい、旦那。あっしは言ったんですよ。「あんたは、あっしが仕事を失うのを望んでいるんですかい?」ってね。彼はこう言うんですよ。「きみに五十ドルを払おう」ってね――数ドルって言ったんじゃないですぜ。わかるでしょう、旦那……

ヴェリー　おまえさんは英語がわからないのかな、ジュリアス?　警視は簡潔に話すようにと言ったのだぞ!

ダフ　あっしは簡潔に話してますぜ、違いますかね?　ええと、あっしは嫌だと言ったんです。彼はこう言うんですよ。「百ドルでは?」ってね。親分さん、あっしには四人のガキがいて……その一人は手術が必要で……百ドルはあっしにとって宝の山みたいなもので……

警視　わかった、おまえはその百ドルを受け取ったわけだ。ヴェリー、こいつを記録に残しておけ。

ダフ　(せかせかと話す)ええと、その伊達男は、あっしのタクシーに乗ったんです。でも、あっしの好奇心が頭をもたげてきましてね。わかるでしょう……あっしは彼の後をつけたんですよ。

彼はワシントン広場の近くの下宿屋に行き、外に駐めたんです。待ち続けてましたよ。あっしは、たっぷり一時間ほど、そいつを眺めてました。それから、ご婦人が一人、下宿屋から出てきて、タクシーを見つけて、さっと乗り込んで、伊達男が彼女を乗せて発車して、五番街を走って、アップタウンに向かったんです。これでいいですかね？

警視　おまえはそれから何をしたのかね、シャーロック・ホームズ君？

ダフ　あっしのタクシーの運転手仲間が近くを通ったんで、そいつのタクシーに飛び乗って、あっしらはあっしのタクシーの後をつけたってわけですよ。親分さん、あっしらみんなが四十二番通りとの交差点に着いたとき、あっしは、あんたらの車のすぐ後ろにいたんですぜ！　一斉砲火がはじまったとき、あっしは一目見ようと飛び出したんです。そしたら、親分さんたちが、あの伊達男が殺されたと騒いでいるのが聞こえたんでさあ！　あっしは旅に出たくなってねえ……何が何だかわからなくなって……それで、女房に電話をかけ、フィリー（ペンシルヴェニア州フィラデルフィア）行きの列車に乗り込むと伝えて……それで、これで全部話しましたよ、親分さん。だから、あっしを見逃してください！

エラリー　きみは、タクシーから出てきた女性を見たのかな、ダフ？

ダフ　あの女はでかい帽子みたいなやつをかぶっていたんで、面《つら》をちゃんと見ることはできませんでしたよ。

警視　ウォーターフィールド夫人、このダフという男は、これまであなたかご主人のために仕事をしたことはありますかな？

ウォーターフィールド夫人　いいえ、警視。わたくしは、これまで彼を見たことは、一度もございません。

ダフ　言わせてくださいよ、親分さん。あっしは潔白で、たまたま巻き込まれた被害者に過ぎませんって！　これまでの人生で、上流階級のお偉いさんを乗せたこともないし、あの野郎に会ったことだって——ここにいる、あいつのカミさんに会ったことだって——一度もないんですよ。それに奥さん、あんたの旦那の百ドル札を返したっていいんだよ——残った分を、っていう意味だけど。

エラリー　お父さん！　今すぐダフに、ぼくたちをその下宿屋まで案内してもらいましょう。その下宿から出てきて死のタクシーに乗り込んだ女性——おそらくぼくたちは、その女性の身元を突きとめることができると思いますよ。無駄にしている時間はありません！

ヴェリー　あたしらは、また出かけるわけですな。そして、あたしはいまだに、カミさんに電話をかけることができないってわけだ！

第四場　マクベス夫人の下宿屋、しばらく後

（音楽が高まり……そこに）

警視　マクベス夫人、あなたはこの下宿屋の女主人ですな？

マクベス夫人　あたしがそうさね、警視さん。

警視　下宿人はどのような人たちかね？

マクベス夫人　下宿人は、今は三人しかいないよ――み――みんな若い女性で――

ニッキイ　わたしたち、女性を探しているのよ！

エラリー　マクベスの奥さん、その人たちの名前を。

マクベス夫人　喜んで教えるさね、お若いの。ミス・ヴァレーリー・ブラーイス、ミス・グローリーア・スコット、それにミス・マーーシャ・マディソンが住んでるよ。

ウォーターフィールド夫人　その名前よ、警視！　間違いなく覚えがあるわ――

警視　思い出してください、ウォーターフィールド夫人！　もしあなたが、この三人の女性とご主人とのつながりを明らかにできたら――

ウォーターフィールド夫人　ヴァレリー・ブライス――グロリア・スコット――それにマーシャ・マディソン……。どこかでこの名前を見たことがあるのは間違いないわ、でも――

エラリー　マクベス夫人はご存じですか、ウォーターフィールドの奥さん？　以前、この女性と会ったことはありますか？

ウォーターフィールド夫人　いいえ、クイーンさん。

マクベス夫人　あんた、この女の名前を「ウォーターフィールド」って言ったかい？

警視　どうしたのかな、マクベス夫人？　この女性を知っているのかね？

マクベス夫人　いいや。でも、ハ、、、ハーーリー・ウォーターーフィールドさんなら知ってるよ。

ウォーターフィールド夫人　わたくしの夫を？　でも、どうして――

エラリー　どうしてあなたは、ハーリー・ウォーターフィールドを知っているのですか？
マクベス夫人　（意地悪そうに）あたしらみんなが――知り合いなのさ、わかるだろう――。あたしの方は、あんたに話してもかまわないんだよ。あの男が、あたしの下宿人全員分の家賃を払っているって。
ウォーターフィールド夫人　な、な、何ですって？　わたくしは、そんなこと信じません！　その女は嘘をついているのです！
警視　どれくらいの頻度で、彼はここに来るのかな？
マクベス夫人　あたしは、あんたらに剣突《けんつく》を食わせる気はないんだがね。あたしの覚えている限りでは、あの人はこの家に一度も足を踏み入れたことはない、って言うしかないね！　あの人は、いつも郵便で家賃を――いつも手紙で現金を――送ってくるのさ！　ウォーターフィールドさんの姿は、一度も見たことはないよ――顔を突き合わせて会話したことなんて、ひと言だってないよ。神に誓って、こいつは真実だよ！
エラリー　三人の女性は今、下宿にいますか、マクベスの奥さん？
マクベス夫人　三人のうちの二人はいるよ――ブラーイスさんとスコットさんだ。マディソンさんは外出していて――下宿にはいないよ。
ヴェリー　ついに、連中の居場所を突きとめたわけですな！
警視　マディソンさんが外出したのは何時でしたか、マクベス夫人？
マクベス夫人　ええと、午後六時頃だったね。それから戻ってないよ、警視さん。

ニッキイ　それなら、ウォーターフィールドさんが運転していたダフのタクシーから出てきた人は、マディソンさんということになるわ。彼女が――

エラリー　ニッキイ、落ち着きたまえ。マクベスの奥さん、ぼくたちは残りの二人と――ブライスさんとスコットさんと――話をしたいのですが。

警視　そして、マクベス夫人、もしあなたが気にしないのであれば――席を外してもらいたい！

第五場　同じ場所、すぐ後

（音楽が高まり……そこに）

警視　ウォーターフィールド夫人、あなたはこの二人の若い女性に見覚えがありますか？

ウォーターフィールド夫人　今、思い出しました、警視！　この人たちを何度も見ています――慈善昼食会や公式の晩餐会で――

ヴェリー　上流階級を騙《かた》る女が二人！

ニッキイ　この人たちは、こんな安下宿で暮らしているのに、毎回毎回、上流階級の淑女のふりをしていたのね！

エラリー　きみたち二人のうち、どちらか一方でも、これまでウォーターフィールド夫人と会ったことはあるかな？　スコットさんは？

ミス・スコット　（この場面の間ずっと、けだるく不機嫌な感じで）どうしてあたしらが、こんな風に悩まされなくちゃならないのか、あたしにはわからないね。いいや、これまでウォーターフィールド夫人に会ったことはないね。

警視　きみはどうかな、ブライスさん？

ミス・ブライス　（この場面の間ずっと、おどおどと、それからあきらめ気味に）ええと、わたし……そうは思いません、警視さん……。

ミス・スコット　ヴァレリーが言いたいのは、会ってない、ってことさ、大尉《キャプテン》（警部＝Captainから。これ以降、わざと軍隊の肩書きと間違えている）。大佐かしら。どっちだったかしらねえ？

警視　（ぴしゃりと）態度に気をつけたまえ、スコットさん！　きみは、自分が窮地に陥っているのを自覚していないようだな。今日、この下宿から出たかね？

ミス・スコット　犬の散歩だってしていませんよ――准将。

警視　口の利き方に気をつけるのだ！　誰かきみのアリバイを証明できるかな？

ミス・スコット　あいにくと、いませんねえ。ずっと一人きりでしたから。

エラリー　ブライスさん、あなたは今日、この下宿から出ましたか？

ミス・ブライス　い―いいえ……わたしは頭痛で……一日中……

ニッキイ　マディソンさんが出て行ったのは気づきましたか？

ミス・スコット　あら、女探偵なのね。本人に訊きに行ったらどうなの、出しゃばり屋さん。

警視　（うなりながら）きみたち二人の職業は何かな？

ミス・ブライス　（弱々しく）グロリア……わたし――怖いわ……

ミス・スコット　（小馬鹿にしたように）この扁平足（刑事の蔑称）のはったりが怖いの？　弱気にならないで、ヴァレリー！　紳士方、あたしたち二人は、貧しいけどまっとうに働いている女です。あなたは、あたしたちを迫害するのではなく、保護すべきです……ええと、将軍。

ヴェリー　利口ぶるなよ、お嬢さん――さもないと、あんたらが女だってことを忘れてしまうからな！

警視　ブライスさん、きみとウォーターフィールドとの結びつきは何ですかな？

ミス・ブライス　わたしたち―わたしたちは、二人とも彼のオフィスで働いているのです、警視さん。

ウォーターフィールド夫人　あの人はオフィスなんて持っていないわ！　そこで何をしていると言うの、スコットさん？

ミス・スコット　どうして「あの人」に訊かないの？（あくびをする）

ミス・ブライス　グロリア、この人たちは知っているのよ！　わかっていたわ――こんな楽しいことはいつまでも続かないって。

ミス・スコット　（怒って）黙りなさい、ヴァレリー！（元に戻って）ウォーターフィールドさんは、あたしたちへの給与の一部として家賃を払ってくれました。でも、彼はここには一度も来ていません。

ニッキイ　まさに博愛主義者ね、そうでしょう？

ヴェリー　あたしらは時間を無駄にしていますな。警視、あたしはカミさんに電話をしてきますよ。

警視　ヴェリーー！　スコットさん、わしはずいぶん我慢していたのだよ——特に、きみには。だが、これ以上の我慢はやめるとしよう。わしらをきみたちの部屋に案内したまえ——そこを調べたいのだ。

ミス・ブライス　駄目よ！　そんなことをすべきではありません！（おびえて）わたしが言いたいのは——

エラリー　（にこやかに）ブライスさんが正しいですよ、お父さん——そんなことをすべきではありません。あなたは捜査令状を持っていないのですから。この二人の魅力的な令嬢が、法律違反であなたを告発することは望みませんよね？　そいつは無理筋です。必要な令状を取りましょう、お父さん。それに、もう遅いですから——（あくびをして）ぼくたちは明日、出直してきたらどうですか。そうすれば、マディソンさんの部屋も調べることができますよ。

ニッキイ　（小声で）エラリー・クイーン、あなたって……裏切り者だわ！

警視　（おだやかに——何かを察した様子で）いやいや、ニッキイ、エラリーが正しいよ。（ぴしりと）よろしい、お嬢さん方。わしらは朝になったら戻って来るとしよう。ですが——この町を——出て行かないように！

第六場　同じ場所、しばらく後

（音楽が高まり……そこに……）

ヴェリー　ピゴットは、ウォーターフィールド夫人を家に送っているところです、警視。タクシー運転手のジュリアスは、フリントと一緒に市警本部に戻るところです。それで、あたしはこれからドラッグストアまでひとっ走りして、連れ合いに電話をできますかね？

警視　ちょっと待て、ヴェリー。エラリー、おまえはその袖に何を隠しておるのだ？　わしらは、あの二人の女に重要な証拠品を処分する機会を与えてしまったことになるぞ？

エラリー　まさしくそれが、ぼくの考えたことですよ、お父さん。この下宿屋のすべての部屋には、非常階段があります。ぼくたちは、外からミス・マディソンの部屋を見張ってはどうでしょうか？

ニッキイ　こんな寒空の下で？　非常階段で？　ブルル！

警視　そうか。あの女たちは、わしらが捜索に戻ってくるのは明日だと思っているからな！　冴えてるぞ、せがれ！

ヴェリー　（うめく）あなたは知らないのでしょうな、あたしのカミさんが、晩飯のために帰宅するのが遅れたとき、何と言うかを……。

エラリー　部長、父さんの執務室に行って、宝石泥棒関係の書類に目を通してきてくれ。今すぐに！

ヴェリー　ひどい仕打ちですな。何を探せば良いのですか、大先生？

エラリー　ミス・ブライス、ミス・スコット、それにミス・マディソンを調べてくれ――宝石が盗まれたすべての上流階級のパーティで、彼女たちが出席していたかどうかを！

第七場　非常階段、しばらく後

（音楽が高まり……そこに雪の降る背景音を。全員が用心深く話している）

ニッキイ　非常階段の上で丸一時間も野営するのにぴったりの夜ですこと！　わたし、凍りついてしまうわ、警視。

警視　（泣きつくように）エラリー、雪がますますひどくなってきたぞ。

ニッキイ　「雪」ですって？　これは「暴風雪」よ！

エラリー　ぼくは間違ったようですね、お父さん。ですが――あなたとニッキイは下に降りて、温かい飲み物をとるためにドラッグストアに行ってください。ぼくはもう少しがんばってみます。（階段を上る足音）

ニッキイ　待って――ヴェリー部長だわ！

ヴェリー　（離れた位置で）やあやあ。この階段はすべりやすいですな！（近づきながら）ネタを手に入れましたぜ、大先生！（エラリーは意気込んで「それで、ヴェリー？」）スコットとブライスとかいう女《あま》は、宝石盗難があったすべてのパーティに出席してましたぜ。しかも、それだけではありません！　ハーリー・ウォーターフィールドも、すべての集まりに招かれていましたよ！

警視　エラリー、これで決まりだ！　ウォーターフィールドが妻の資産を管理していることは知っておるな。わしは、五セント玉に対して百ドル札を賭けるぞ――今や資産は消えてしまっている方に！　あやつは自分の社会的地位を守りたいと思い――盗みに手を染めて――

ニッキイ　自分のために働く美女たちを雇い――上流階級での人脈を利用して――彼女たちを上流階級の大きなパーティに招いた。彼のために――首謀者のために――彼女たちが宝石を盗むことができるように！

警視　それだな、ニッキイ。ウォーターフィールドは狡猾だったので――あえて、自宅でも盗難事件を上演したのだ！　世間の目をごまかすため、妻のダイヤモンドの首飾りを盗んだわけだ！

ヴェリー　実に抜け目がないですな。女どもを支援し、女どもに分け前を与え――そして、いかなるときも、やつ自身は無関係な場所にいる。

エラリー　ミス・マディソンは、パーティに出席していなかったのかな、ヴェリー？

ヴェリー　いんや、あの女の記録は、どこにもなかったですな、エラリー。たぶん、あの女は、窃盗団に加わったばかりなんでしょうね。さあて、今なら、カミさんに電話をできますかね？

ニッキイ　シーッ！　誰かが今、マディソンさんの部屋の明かりをつけたわ！（一同、用心深いアドリブ）あれはスコットさんよ！

警視　みんな、静かに。（ささやく）彼女は何をしておる？

ニッキイ　あの人は今、マディソンさんの鏡台の引き出しを開けたわ。

ヴェリー　やあ、あの女は光っている物を引き出しに入れましたぜ！

ニッキイ　忍び足で出て行って――明かりが消えて……

警視　あのスコットという女が、たった今、仲間の鏡台の引き出しに隠した物を見てみるか――

エラリー　（落ち着き払って）待ってください、お父さん。これはまだ第一幕に過ぎません。

ヴェリー　ということは、あたしらはこの安席に座り続けるわけですな。

ニッキイ　また明かりがついたわ！（一同、アドリブで反応する）これが第二幕なのね――今度はブライスさんが主役で！

警視　（いかめしく）ブライスだと、ふむ？　彼女は何をしているのかな、ニッキイ？

ニッキイ　あの人の仲間がやったのと同じことです――彼女の方は、光っている物をマットレスの下に隠しています。

ヴェリー　ミス・ブライス退場。照明消える。幕。

エラリー　窓をこじあけてくれ、部長。ぼくたちも舞台に上がろう！

第八場　マディソンの部屋、すぐ後

（つなぎの音楽を少し流して……そこに……）

警視　では、こいつがグロリア・スコットがミス・マディソンの鏡台に隠した物なのだな、ええ？　ヴァンダードンク家のルビーだ！

ヴェリー　そして、ブライスのやつがマットレスの下に隠した物を見てください！　ウォーターフィールド夫人のダイヤモンドの首飾りですぜ、警視！

警視　二人ともウォーターフィールドの手先というわけだな。よし、わかった。今からたっぷり絞ってやる。

ニッキイ　二人は、マディソンさんに罪を着せようと——自分たちの共犯者に罪を着せようとしたのね！

エラリー　疑問点。ミス・マディソンは盗品から自分の分け前をもらったのか？　もしもらったのなら、それはどこにあるのか？

警視　捜索を始めるぞ、みんな！（引き出しを開ける音、衣装簞笥のドアを開ける音、などなど。アドリブの声を重ねる）

エラリー　お父さん、ここに何かあります！

警視　帽子箱みたいだな。上部に何と書いてある、せがれ？

エラリー　〈マックスの店〉――カツラの製作で有名な店ですね。ラベルにはこう書いてあります。「御注文の品」と。（箱を開ける）

ニッキイ　あら、頭部の模型の上に男性用の部分カツラが載っているわ！

ヴェリー　男性用の部分カツラ？　警視、ウォーターフィールドが死体で見つかったとき、こんな部分カツラをつけていませんでしたか？

警視　そうだったな。エラリー、こいつはそのウォーターフィールドの部分カツラと同じものだ。おそらく、予備の複製品だな。

エラリー　こちらは未使用で汚れていない上に、できたばかりのようですね。

ニッキイ　それなら、ウォーターフィールドさんは結局、この下宿にいたのね！

ヴェリー　警視、今度はおじさんが探し出した物を――このミス・マディソンの目立たない小さな裁縫箱に入っていた物を見てくださいよ！

警視　ステイシー・アダムの真珠か！　これも盗まれた宝石だ！　それでは、われらが逃亡者ミス・マディソンも、一味だったわけか！

ヴェリー　間違いありませんよ、警視。この真珠は彼女の分け前ですな。

警視　正解だ、ヴェリー。よし、これで殺人のいきさつが明らかになったな。窃盗団の頭脳であるウォーターフィールドのために働いている三人の女の一人が、取り分をめぐって彼と争って、殺したわけだ。疑問点。それは三人の誰なのか？――ヴァレリー・ブライスか、グロリア・スコットか、それともマーシャ・マディソンか？

エラリー　わかりませんか、お父さん？

ニッキイ　エラリー！　あなたは誰があの人を殺したか、わかったというの？

エラリー　そうだ、ニッキイ。あの三人の女性の誰がハーリー・ウォーターフィールドを殺したのか、ぼくにはわかっている！

（音楽が高まり……そして挑戦コーナーに）

聴取者への挑戦

エラリー・クイーンはこの時点で、ハーリー・ウォーターフィールド殺しの犯人を突きとめました。彼が推理に用いた手がかりは、すべて、みなさんにも提示されています。続く解決篇でそれが明かされる前に、あなたも推理してみませんか？　三人の女性の誰がウォーターフィールド氏を殺したのでしょうか？

解決篇

第九場　同じ場所、すぐ後

（音楽が高まり……そこに一同のアドリブが割り込み、続いて……）

ニッキイ　三人の中の誰がやったの、エラリー？

エラリー　手がかりは、ウォーターフィールドの予備の部分カツラだよ、ニッキイ。カツラ製作の〈マックスの店〉が作った、新しくてきれいなやつ。ぼくたちはこれを、ミス・マディソンの部屋で見つけましたね。では、箱のラベルに印刷してある文について、ぼくは何と言いましたか？

警視　「御注文の品」。

エラリー　それならば、ミス・マディソンが部分カツラを注文して、それを自分の部屋に持ち込んだことは明らかです。しかし、それが彼女の部屋に残されていたという事実は、何を意味するのでしょうか？

警視　それはあり得ないということだ。ウォーターフィールドはこの下宿屋に一度も来たことがなかったからな。

ヴェリー　性悪女のスコットとブライスによれば、でしょう。

エラリー　ああ、でも部長、ぼくたちがあの二人を信じないとしても、マクベス夫人――下宿屋の女主人の証言で、裏が取れているじゃないか。

ニッキイ　（いぶかしげに）あなたが言いたいのは、部分カツラはマーシャ・マディソンが注文し、とりあえず自分の部屋に持ち込んで――

警視　そして今日、この家を出て例のタクシーに乗ったとき、彼女はただ単に、部分カツラを持っていくのを忘れただけだった。こう言いたいのか？

エラリー　そうです、お父さん。ですが、これは重大な疑問を呼び起こします。もし、部分カツラをミス・マディソンの部屋に残すつもりではなかったというのなら、どこに持ち込むつもりだったのでしょうか？

ニッキイ　ウォーターフィールドの部分カツラを？　たった一つのあり得る場所は、ウォーターフィールドの自宅だわ、エラリー。

エラリー　正解だ、ニッキイ。では、みんなに質問しましょう。どんな女性が――男のもっとも個人的な所有物で、いつも秘密にしておくものを――カツラを注文するほどウォーターフィールドと密接な結びつきがあるでしょうか？　ウォーターフィールドが自分のカツラを注文して、それを自宅に持ってくるように頼むのは、どんな女性でしょうか？　そんなことをするたった一人の女性とは？

警視　彼は自分の妻に頼むだろうな――ウォーターフィールド夫人に！　間違いない！

ヴェリー　でも大先生、あなたはたった今、ミス・マディソンがカツラを注文した、と言ったじゃないですか。

エラリー　考えてみたまえ、部長。ミス・マディソンがカツラを注文して、さらに、ウォーターフィールドの妻だけが、それを自宅に持ち帰るというのであれば……

ヴェリー　ミス・マディソンはウォーターフィールドの妻でなければならない！

ニッキイ　エラリー、あなたは、ウォーターフィールドは二人の女性と――ウォーターフィールド夫人とマーシャ・マディソンと――結婚していたと言いたいの？

エラリー　ぼくは、そういう意味で言ったのではないよ、ニッキイ。ぼくが言いたかったのは、ウォーターフィールドには一人しか妻はいない――彼の妻であるウォーターフィールド夫人と、彼の共犯者の一人だと見なされているミス・マディソンは、同じ女性だということです！

警視　そうだったのか、それですべてが明らかになったぞ！　わしらはあの二人を同時に見たことは、一度もない――実のところ、ウォーターフィールド夫人が夫の死体の身元確認のためにやってきた時点では、ミス・マディソンは姿を消していたのだ！

ニッキイ　そして、夫人にとっては、下宿の女主人や二人の女性を騙すことは容易《たやす》かったはずよ。髪を染め、化粧を変え、違ったタイプの服装をして――ずる賢い女性なら、二人の異なる人物に見せかけることは可能だわ。

ヴェリー　だとすると、ウォーターフィールドは自分の女房に殺されたわけですな。

エラリー　（くすくす笑いながら）それでは真相の半分だよ、部長。彼はミス・マディソンにも殺されたのだ。彼女は二役を演じていたのだから――二人の双方に殺されたことになる！

ヴェリー　でも、なぜ夫人はあの男を殺したのですかね、エラリー？

エラリー　事実を見てみましょう！　家賃はウォーターフィールドが払っていた――と言いながらも、ウォーターフィールド自身が姿を見せたことは一度もありませんでした。家賃はいつも現金で支払われていて――そのため、ウォーターフィールド本人のサインが必要とされる小切手はありません。そしてウォーターフィールドは、自分の妻を探るために、タクシーを借りています。彼が妻を疑ったのでなければ、そんなことをするでしょうか？　宝石泥棒に関する推理そのものが間違っていたことが、まだわかりませんか？

警視　彼女が黒幕だったのか――彼女の夫ではなく！

ヴェリー　ウォーターフィールドは潔白だったのか！　あの女は、夫の名前と地位を隠れ蓑にしていたわけですな！

ニッキイ　奥さんの方が、ミス・スコットとミス・ブライスを上流階級の大きなパーティに招待したのね！　二人は最初からずっと、ウォーターフィールド夫人の道具で――しかも、そのことに気づいていなかったのよ！

ヴェリー　なぜならば、あの女は一切合切を、亭主の名前でやっていたからですな！　何たるカモフラージュ！　誰があの女を疑うというのでしょうな？

エラリー　部長、一人だけいたのさ。彼女の夫が――本人にとっては不幸なことに。かくして、彼がタクシーの中で妻への疑惑を明かしたとき、自らの命でその疑惑の代価を支払うことになったわけです。

警視　よし、ここであの男の支払い分を取り戻してやろう。ヴェリー、ウォーターフィールド夫人を引っ捕らえて、彼女に〈ニューヨークの四〇〇人〉が、間もなく〈ニューヨークの三九九人〉になることを伝えてやれ！

ヴェリー　わかりました――でも警視、先にカミさんに電話をして、あたしは間に合うように家には帰れないって伝えてもかまいませんか？――朝食に。

（一同は笑い……続いて音楽が高まる）

今夜みなさんにお送りするのは、一風変わった物語です。いつものように、罪なき人々の中から殺人者を探し出すのではありません。四人の殺人者の中から、殺人者を殺した殺人者を探し出すのです。ぼくはこの物語をこう呼びました――

四人の殺人者の冒険

The Adventure of the Four Murderers

登場人物

探偵の　エラリー・クイーン
その秘書の　ニッキイ・ポーター
エラリーの父親で市警本部の　クイーン警視
クイーン警視の部下の　ヴェリー部長刑事
検死官補の　プラウティ博士
大金を残して亡くなった　トウィル老婦人
その大金を相続した　ダモン・トウィル
老婦人の主治医の　ガーク博士
老婦人の女性看護師の　メイ・イェーガー
老婦人の弁護士の　ロス
薬剤師の　ブランコ
さらに　酒場のウェイター、エレベーター係、警察官たち、裁判長、記者、スチュワード、他

放送　一九四三年八月十二日（再演。初演は一九四〇年六月二日）

場面　市警本部――酒場――ホテル〈サンガモン〉――道路の料金所――裁判所――飛行場

第一場　市警本部

（音楽が高まり……市警本部のオフィスのざわめきが割り込む。タイプライターや印刷電信機の音、人の声など）

ヴェリー　違う。あたしは「ヴェ」リーだ――V―E―L―I―E――ヴェリー部長だ！　あたしに電話したってしょうがないだろう――こっちは結婚しているの！（乱暴に受話器を置く）馬鹿な女だ……（ニッキイとエラリーがアドリブを交わしながら近づいてくる）大先生《マエストロ》、ポーター嬢ちゃん！（アドリブで二人と挨拶を交わす）何でまた、八月の快晴の日に、高名なるクイーン氏が市警本部にお越しになるのですかね？　太陽の下に出ようじゃありませんか、お二人さん――ここはとてつもなくいかがわしい溜り場ですぜ！

ニッキイ　エラリーはとてつもなくいかがわしい目的があってここに来たのよ、部長さん。

エラリー　この建物の中に、未解決の殺人事件がいくつか転がっていないかな、ヴェリー？

ヴェリー　古い事件はどれも片付けてしまいましたな。親父さんに会ってみますか？

エラリー　挨拶した方が良いみたいだな。（マイクの近くでドアを開ける）お父さん、忙しいですか？

警視　（離れた位置で）そこそこだな。入れ。（マイクの近くでアドリブの挨拶を交わし、ドアを閉め、オフィスのざわめきが遮断される。声が近づく）座れ！（くつくつ笑いながら）もちろん、わが息子をここに導いたのは、父親の顔を見たいという気持ちなのだな――そうだろう、ニッキイ？

ニッキイ　そうだったら驚くわ。この人はトラブルを求めているのよ、警視さん――いつものように。

エラリー　警察の記録簿から、何か興味深い殺人事件を引っ張り出せませんか、お父さん？　片がついた事件でもいいですよ。（くすくす笑う）

警視　（くつくつ笑いながら）たっぷりあるぞ、せがれ。そうだな……

ヴェリー　ねえ警視、壁塗り職人がいかれちまって、青い目の赤レンガ《ブリック》職人を片っ端から襲《ブリッツ》い始めた事件はどうですか？　あたしはいつも、こんな馬鹿げた事件を押しつけられるのですよ。

（ゲラゲラ笑う）

警視　却下だ。（間を置く。明るくなって）あれがいい！　トウィル老婦人の事件だ。ちょうど、彼女の甥に電話をしようとしていたところなのでな。

ニッキイ　トウィル、トウィル……それって、よく聞く名前だわ。

エラリー　かなりの不動産を所有していた金持ちの老婦人ではありませんか、お父さん？

警視　そいつだ。

ニッキイ　でも、トウィルさんは半年も前に亡くなったのよ！

エラリー　その通りですね。どうして当局が急に興味を持ったのですか？……埋葬されて半年もたったというのに。

ヴェリー　ああ、老婦人の出来の悪い甥っ子が、ポロッともらしたのですよ。それで、今になって、あたしたちが乗り出すことになったわけです。

ニッキイ　「甥」って誰のこと？

警視　ダモン・トウィル青年だ。老婦人のたった一人残った親族だったから、彼女が死んだとき、全財産を相続した。気取った話し方をする青二才で——おまけに臆病者ときている。

ヴェリー　そうです。で、あいつの三大弱点は、三つとも「G」で始まるのですよ——ギャンブル、ジン、それにガールフレンド。

ニッキイ　（笑いながら）もう、わかったわよ、部長さん！

エラリー　普通なら、金を必要とするタイプですね……。

警視　ダモン・トウィルはそのタイプだった——年老いた伯母さんがくたばるまでは。

ヴェリー　わかるでしょう……伯母さんの死で大逆転したわけですよ、大先生《マエストロ》。

エラリー　ダモン・トウィルが伯母を殺したと疑っているのですか、お父さん？

警視　まあな。トウィルは一週間ほど前に風邪を引いて入院したのだ。高熱でもうろうとしている間に、うわごとでしゃべったことを、担当の看護師が耳にしたのだ。六ヵ月前、伯母を「殺した」とか、そんなことを口走ったらしい。

ヴェリー　さてさて、看護師が自分の仕事のことだけ気にするなんてできますかな？　彼女はできなかった！　ここにすっ飛んできて、あたしたちに何もかも話したわけです。

エラリー　老婦人の死因は何だと見なされているのですか、お父さん？
警視　ガーク博士という主治医によれば、三週間の闘病後の脳出血だ。
ヴェリー　まあ、何も問題はなかったのですがね。このガーク博士が、老婦人が病気の間ずっと付き添っていただけではなく、正看護師も――ミス・イェーガーも――いましたから。
ニッキイ　だとしたらその甥は、どうやって伯母さんを殺すチャンスをつかんだのかしら？
エラリー　（考え込みながら）おそらく毒薬だ。毒薬だったら、不注意な医者を騙せるだろう。
警視　だが、老婦人の弁護士を騙すことはできないだろうな。ロスという名前で、頭が切れる抜け目のない男だ。こいつは騙されたりはしないぞ、エラリー。もしトウィル夫人の死に何かごまかしがあったら、ロスはそいつを見逃さないだろうな。だから、「殺した」というわごとだけが、トウィル青年につけいる隙になるというわけだ……。ヴェリー、トウィルに電話してくれ。ホテル〈サンガモン〉に泊まっている。
ヴェリー　（うんざりしたように）わかりましたよ。（以下の会話が続いている間、背後の少し離れた位置で受話器を上げ、ダイヤルを回す。ホテルの交換手にトウィルのスイートルームにつないでくれるよう頼む。並行して会話を進める）
エラリー　お父さん、ぼくの見たところ、死体を掘り出して検死を行えば、疑問はいっぺんに、しかもすべてが明らかになると思うのですが。
警視　灰でまともな検死をやれるのか、エラリー？　トウィル夫人の遺体は火葬にされたのだぞ。
ニッキイ　火葬ですって！　それって怪しいわ。

エラリー　甥のダモン・トウィルの指示ですか？
警視　その通り。
ヴェリー　（少し離れた位置で）ダモン・トウィルか？　切らずにそのままで。（近づきながら）やつが出ましたよ、警視。寝ぼけているみたいですな。
警視　やあ！　トウィルさんですか？
トウィル　（受話器ごしの声――あくびまじりで）そーですがあ？　何ですか？
警視　（いんぎんに）こちらはクイーン警視です。
トウィル　（不快そうに）礼儀を知らないやつだな、こんな時間に電話を……（不意に）「警視」って言ったか？　どこの警視だ？
警視　市警本部の警視です、トウィルさん。
トウィル　警察だと！（神経質に）何かの間違いで電話してきたのではないですか？　本当にぼくにですか、クイーン警視？　ぼくが言いたいのは……。
警視　（落ち着き払って）いいえ、トウィルさん。間違ったとは思っていません。あなたとわしは、少しばかり腹を割って話した方が良いと思いましてね、トウィルさん。
トウィル　（神経質に――かなりひどく）話すって……でも――そのう――ぼくが言いたいのは――
警視　（ぴしりと）今夜九時に、トウィル、そちらのホテルにうかがいたい。あ、あなたは、そこにいるように。

トウィル　（神経質に）九時……はい……はい、警視……喜んで……
警視　それでは！（電話を切る。けわしい声で）おまえが喜ぶとは思えないがね、ミスター・トウィル！
ニッキイ　（熱心に）あの人、何と言ったのかしら、警視さん？
エラリー　何と言ったか、ではないよ、ニッキイ。お父さん、どんな風に言いましたか？
警視　（思い出しながら）ひどく神経質になっていて、まともに舌が回らないみたいだったよ、エラリー。
ヴェリー　（うなる）当たりでしたな！
エラリー　（嬉しそうに）さあニッキイ、ぼくたちは未解決の事件を見つけたようだ！

第二場　酒場、しばらく後

（ホテル〈サンガモン〉の近くにある酒場のボックス席。そこに神経質な様子のダモン・トウィルが座っている。一人の男と一人の女が店に入ってくると、トウィルは注意を引こうとする。背後にジュークボックスの音楽が流れ……グラスの音や下品な笑い声なども）

トウィル　（周囲に気づかれないように）おい、ちょっと！　ミス・イェーガー！　ガーク博士！　ぼくはこっちだ――ボックス席だよ。
メイ　（近づきながら。小馬鹿にしたように）〝ミス〟ター・トウィル！　どうして隠れているの、ダモン――あなたの数百万ドルから逃げているのかしら？　煙草をちょうだい。

トウィル　ああ、いいとも、メイ、ほら。やあ、ガーク博士。（ガークはアドリブで応じる）声を抑えてくれないか――

ガーク博士　（常に耳障りな声でささやくように話す。笑いながら）喉の閉塞症が自然に声を抑えてくれるよ、トウィル。（けわしい声で）何があった？

メイ　そうそう、〈緊急呼び出し〉の理由は何なの、ダモン？　あたし、喉が渇いたわ。（呼びかける）ねえ、ウェイター！

ウェイター　（ぞんざいな口調。離れた位置から）そのまま待ってくれ、お客さん。

トウィル　（大あわてで）やめてくれよ、メイ！　ウェイターがぼくを見ているじゃないか――ぼくはあいつに怪しまれたくないのに――

ウェイター　（近づきながら）お酒《ポイズン》は何がいいのかな、お客さん？

メイ　毒薬《ポイズン》ときたわね！（笑う）いいじゃない。（ぞんざいに）ビール。それとトランプ一組。

ウェイター　トランプ？　いやあ、ここは賭博場じゃないから！

ガーク博士　この娘は手がつけられないトランプの一人遊びの中毒者なのだよ、ウェイター。（険悪な声で）持って来たまえ！　それと、わしにはミルクを一杯。

ウェイター　（遠ざかりながら）トランプに――ミルク……こいつは何だ？

メイ　ねえ、ダモン？　これはどういうことなの？

ガーク博士　（意味ありげに）トラブルかね？

トウィル　そうだ！（苦悩して）メイ……きみはぼくに責められてしかるべきだよ。きみが伯母の正看護師をつとめてくれたとき――伯母が……伯母が最後に病気にかかったとき――きみはぼくに信じ込ませた……きみが……ぼくを愛していると――

メイ　（軽蔑して）あーら、かわいそうなお人好しだこと。（トウィル「メイ！」）どーうぞ責めてちょうだい、トウィルさん！　か弱いあたしを……。（不意に）そんな泣き言を言うなんて、どんなトラブルがあったの？

トウィル　（あわてて）気をつけろ！　ウェイターだ！

ウェイター　（近づきながら）ご注文の品だよ。ミルク――（グラスを叩きつけるようにテーブルに置く）ビール――（同じように置く）そして、一人遊び用のトランプ。〝一人遊び〟用だからな！（遠ざかりながら）あの女は頭がいかれているな。（メイが笑う。トランプを切る）

ガーク博士　さて、一体これは、どういうことなのだ、トウィル？　待て、ブランコが来た。

トウィル　（待ちかねたように）それにロスも。（周囲に気づかれないように）ブランコ！　ロス！こっちだ！

ブランコ　（近づきながら）トウィルさーん――ガーク先生――それに、うるわしきイェーガー看護師。サルード（乾杯。以下ブランコの台詞にはスペイン語が混じる）！

ガーク博士　（重々しく）よう、ブランコ、毒薬は今日も張り切っているかね、薬剤師どの。

ブランコ　あんたの患者になった不幸な連中より張り切っているよ、セニョール・ドクトール。（二人とも愉快そうに笑う）

トウィル　ロスさん、このボックス席に来てくれ――早く！
ロス　（突き放すように）きみは頭がいかれたに違いないな、トウィル。われわれをこんな風に呼び集めたりするなんて！
ガーク博士　黒のエースの上に赤のキングを置けるぞ、メイ。（メイはアドリブで応じる）
ブランコ　こんな店では、飲み物は何を注文すりゃあいいのかね？　ワインは混じりけのない酢酸になっているに違いないな。
ロス　冗談はやめろ、ブランコ。メイ、その馬鹿げたトランプ遊びはやめるのだ。ガーク博士、ボックスの入り口のカーテンを引いてくれ。（ガークはアドリブで応じる。カーテンが引かれる）さてと、トウィル、どうしたというのだ？
トウィル　（おびえながら）ロスさん――あいつらがぼくに目をつけたんだ。（間を置く）
ロス　（突き放すように）誰がきみに目をつけたというのかね？
トウィル　警察だよ！　ほんの二、三時間前に、市警の警視から電話があったんだ！
メイ　（考え込むように）警察が……。
ブランコ　（冷たく）アミーゴよ、相変わらず〝間抜けな仲間〟という地位から離れられないようだな。
ガーク博士　何という警視だ？　何を求めてきたのだ？
ロス　座って歯をガタガタ鳴らしている場合じゃないぞ、この間抜け。その警視の名前は？
トウィル　クイーン警視――クイーン警視が……ぼくに会うために、今夜九時にホテルにやって来るんだ！

ロス　切れ者だぞ、クイーンは。

メイ　その扁平足の狙いは何なの、ダモン？

トウィル　あいつは、ぼくのことを疑っているみたいなんだ！（苦しげに）伯母の死について、クイーン警視は何か見つけたんじゃないかな？（間を置く）

ガーク博士　（不安そうに）冷静な判断ができなくなっているようだな、トウィル――

ブランコ　（おだやかに）アミーゴよ、どうすれば、そいつが何かできるというのかねえ？

トウィル　あいつはぼくを逮捕して――ぼくは殺人の罪で裁判にかけられてしまうんだ！

メイ　（冷ややかに）だって、あなたは伯母さんを殺したのでしょう、違う？（笑う）

トウィル　（ヒステリックに）きみたち四人がぼくを引きずり込んだのだろう！　ぼくはやりたくなかったんだ――ぼくがやりたくなかったことは、みんな知っているだろう！　ロス、きみが首謀者じゃないか――

ロス　声を抑えろ、このヒステリーの阿呆が。

トウィル　（少し声を抑えるが、相変わらずヒステリックに）あれはきみのアイデアじゃないか、ロス――きみは伯母の弁護士で――遺言書の内容はすべて知っていて――全部ぼくに遺《のこ》されるって知っていて――伯母が病気にかかったとき、看護師としてメイ・イェーガーを連れてきたのもきみで――ガーク博士を連れてきたのもきみだ。ロス、きみがこの計画すべてのお膳立てをしたんだ！　きみは、メイにぼくを誘惑までさせた。ぼくは何て愚かだったんだろう……

メイ　（冷ややかに）嘘をつかずにお金をかせぐ女なんていないわよ。
トウィル　きみは、ぼくをすっかり虜にしたんだ、メイ！　きみが吹き込んだんじゃないか……（ささやくように）伯母に毒を盛ろうって！（ヒステリックに）きみたちみんなで、ぼくが屈するまで追い込んだんだ！　それからきみたちは、ブランコを連れてきて計画に加えた。なぜって、彼は薬剤師で、使ってもばれない毒薬を手に入れることができたからだ……！
ブランコ　（脅すように）おい、おまえさんはそこから先は言ってはいけねえよ、わが友よ。
トウィル　ふん、お断りだね。言ってやるさ、ブランコ！　ぼくがきみたち全員に伯母の遺産から分け前を渡したからといって、それで罪を逃れたと思うなよ！（しゃくりあげる）ぼくはばい、ばらすことができる――（すすり泣く）ぼくはばらすことができる……（すすり泣きながら、間を置く）
メイ　（やさしく）かわいそうなダーリン。ひ、ひどく動転しているのね、そうでしょう？　さあ、あたしの肩に頭を乗せて、ダモン、ダーリン。
トウィル　（泣きながら）メイ、ぼくは怖くて死にそうなんだよ。ぼくを守ってくれるだろう……きみたちみんなで――
ブランコ　（おだやかに）みんなで守ってやるよ、アミーゴ。
ガーク博士　もちろん守るとも、ダモン。（トウィルの泣き声が大きくなる）
ロス　（声を落として）おまえたち三人は、この件はおれに任せろ。（言い聞かせるように）ダモン、おまえは自分を小さなガキだとは思っていないな？　市警の警視がおまえとおしゃべりをするために来るってだけで、やきもきしているわけだ！　自分の言い分を押し通せ、ダモン。そうすれば、おまえは大丈夫さ。おまえの伯母のトウィル夫人は病気にかかって、最高の治療と看護を受けて、それでも死んだのさ。簡単なことだろう。クイーンは何一つ証明できないさ。

トウィル　（悲痛な声をあげる）警視は何かをつかんだんだよ。ぼくにはわかっている。警視の口調から、ぼくはそれがわかったんだ！

メイ　それはあなたの妄想よ、ハニー……

トウィル　違う！　ぼくは入院していたんだが――もうろうとした状態で、何か明かしてしまったのかもしれない――何かもらしてしまったのかもしれない――（間を置く）

メイ　家にお帰りなさい、ダモン。あたしたちで、それが何なのか突きとめるから。

トウィル　（打ちひしがれて）具合が悪いみたいだ。頭だ。頭が割れそうだよ。

ガーク博士　神経のせいだよ、ダモン。ホテルに戻って横になりたまえ。

ブランコ　シ（そうだ）・アミーゴ。寝ておくんだな。今夜クイーン警視に会うときは、しゃきっとして、しっかりして、自信を持つんだ！

ロス　後でおれたちはホテルに行って、おまえと打ち合わせをするよ――クイーンが着く前にな。

メイ　（とてもやさしく）行きなさい、ダモン、ダーリン。

トウィル　わかったよ。でも――ぼくを一人でクイーン警視に会わせないでくれよ！（他の四人はアドリブではげます。「心配するな、ダモン」「わしらは一蓮托生だよ」「くじけないでね」などなど。カーテンが開く。トウィルが離れた位置で別れを告げる）

ウェイター　（離れた位置で）おい、お利口さん、待ってくれ。あんたの分は誰が払うんだ？
トウィル　（ヒステリックに叫びながら遠ざかる）ぼくの邪魔をするんじゃない、この野郎！
ロス　（声をかける）大丈夫だよ、ウェイター。おれたちが払うから。（ウェイターは離れた位置で「わかったよ」）
ガーク博士　ブランコ。もう一度カーテンを閉めてくれ。（ブランコは「シ・セニョール・ドクトール」と言って、あらためてカーテンを閉める）
メイ　それで？（間を置いてから）どうするの？
ロス　トウィルは落ちる寸前だな。まずいことになった。
ガーク博士　ロスの言う通りだ。あいつはそのおまわりの最初の質問で、肺臓が腐った患者みたいに崩れ落ちるだろうな。
ブランコ　（ふてぶてしく）あたしの国には、こういう言葉がある。「危険を待たずに迎え撃て」。
メイ　（さらりと）そうよ。ダモン・トウィル氏に対して何かをしなくてはならないわ——できるだけ早く。（間を置く）
ロス　もし、あいつが圧力に屈したら、おれたちはそろって第一級殺人の共犯者だ。おれは電気椅子に送られる気はないね——おまえたち三人だって、そんな気はないだろう。（一同、冷酷なアドリブで応じる）トウィルは今夜、クイーン警視と話す機会を与えられるべきではない！
ガーク博士　それで、きみはどうやって彼から話す機会を奪う気かね、ロス？
ロス　（そっけなく）四回、答える機会を与えようか、ガーク。（間を置く）

メイ　（不意に）そのビールをとってちょうだい、ブランコ。

ブランコ　飲みな、ミーア・カリラ（わが愛する人）。（おだやかに）続けてくれ、ロスさーん。

ロス　（考えながら）おれたちの一人がトウィルの口をふさぐのさ——自殺に見せかけて。わかるだろう？　しかも、今やらねばならん——今夜だ——クイーンがあいつを引っ捕らえる前に。

メイ　すると、おまわりさんは、あの人が自殺したと見なすでしょうね。自分が有罪になるという考えに耐えきれなかった、と。冴えてるわ、ロス！

ガーク博士　自分が半年前に老婦人を殺したという暗黙の告白になるわけだ。そうだな、わしは気に入ったよ、ロス。

ロス　ブランコ。つきあうか？

ブランコ　（冷淡に）まったくもって、他に選択の余地はないな、アミーゴ。（間を置く）

ガーク博士　で、誰を選ぶ？（間を置く）

ロス　抽選をしよう。ガーク、そこのトランプ一式を取ってくれ。（ガークはアドリブで応じる。トランプをパラパラと切り混ぜる）

メイ　一番高いカードがトウィルを始末するのね？（みんなが同意する小さな声をアドリブで）

ロス　そして、誰が担当になっても、他人の手を借りずにしっかりと実行すること。おれたちの残りがこの件について知っていることが少なければ少ないほど、全員にとって都合が良いからな。賛成だな？（一同、アドリブで応じる）よし、メイ。カードを一枚引け。

メイ　（緊張を隠すために明るく）さあ、引いたわ、坊やたち。（間を置く）

ロス　まだ伏せたままにしておけ、メイ。これがおれのだ。（間を置いて）ガーク博士？

ガーク博士　（低い声で）よし。（間を置く）

ロス　ブランコ。

ブランコ　（陽気に）シ・セニョール。（間を置く）

ロス　よろしい。みんな同時にカードを見せろ……今だ！（カードがひっくり返される。間を置く）

メイ　（ぞっとするような声で）これで決まったわね。

ブランコ　マドレ・ミーア（おっかさん）！　六が一枚、二が一枚、九が一枚、そして、スペードのエース！

ガーク博士　（耳障りな笑い声）誰が一番高いカードを引いたのか、疑問の余地はないな。そうだろう？

ロス　（ぴしりと）よし。われわれは二度と顔を合わせるべきではない。解散だ！

第三場　ホテル〈サンガモン〉、夜九時

（ミステリアスな音楽が高まり……ホテルのロビーのざわめきが割り込む）

警視　どうしておまえが一緒に来たいと言い張るのかわからんよ、エラリー。トウィルの若造はわし一人で扱えるさ！

エラリー　もちろん、あなた一人で扱えますよ、お父さん。でも、この事件はまぎれもなく、魅力的になる可能性を持っているのです。

ヴェリー　（くっくっと笑いながら）要するに、他人の守備範囲に手を出さずにはいられないってことですな、大先生。

ニッキイ　これまでのように、ね。それはともかく、なぜあなたがここにいるのかしら、プラウティ先生？　ずいぶんご無沙汰でしたわね。

プラウティ　最近は死体の閑散期なのだよ、ニッキイ。

ヴェリー　おや、そうですか？

エレベーター係　（離れた位置で）上へまいります、どうぞ。

警視　乗る、乗るぞ……（くつくつ笑う）トウィルの若造にとっては、この代表団は、疫病神みたいなものだな。心底震え上がらせるに違いない。（エレベーターのドアが閉まる。ざわめきが遮断される）八階に。

エレベーター係　ありがとうございます、お客さま……（エレベーターが昇っていく）

プラウティ　だが、何だってこのわしに、一緒に来てくれなんて頼んだのかね、このガミガミ屋は？　おまえさんは、誰かが死んだときくらいしか、わしを呼ばないではないか、ディック・クイーン！

警視　（そっけなく）お坊ちゃんを怖がらせるお化けとして来てもらったのだよ、プラウティ。

ヴェリー　（ゲラゲラ笑う）先生にはぴったりの役ですな！

エラリー　父さんは、検死官補が同席していれば、おびえたトウィルが自分に不利なことも認めてしまうのではないかと考えたのですよ、先生。
プラウティ　ろくでもない理由に決まっていることぐらい、知っておくべきだったな。（他の者はくすくす笑う）（エレベーターが止まる。ドアが開く）
エレベーター係　八階です、どうぞ。足元にご注意ください。
エラリー　行こう、ニッキイ。
ニッキイ　ダモン・トウィルが泊まっているスイートルームはどこかしら。（離れた位置でエレベーターのドアが閉まる）
ヴェリー　八二四号室ですな。この先です。
エラリー　（考え込むように）お父さん、もしあなたが本当にトウィルをおびえさせてボロを出すように仕向けたいのなら、プラウティ先生に、「毒物の痕跡を確かめるためにトウィル夫人の遺灰を分析するつもりだ」と言ってもらったらどうですか。
プラウティ　探偵《ホークショー》君、そのご立派な頭脳は大丈夫かね？　火葬した後の遺灰を分析するなんて！
エラリー　（くすくす笑いながら）あの男にはその違いは決してわかりませんよ、先生。
警視　ここだな。（ドアをノックする。小声で）ニッキイ――忘れないでくれ。トウィルに対しては、きみは「公式」の速記係だ。あの男の言ったことは、すべて記録してくれ。
ヴェリー　もしあいつが罪の意識を感じていたとしたら、びっくり仰天ですな！
ニッキイ　いかめしい顔つきをした方がいいかしら？　それとも、退屈そうな顔つきかしら？

音）

どんな顔をしましょうか？　大丈夫ですよ、警視さん。きちんとやりますから。（再びノックの音）

プラウティ　そいつは中にいないな。結構なことだ。ではこれで、家に帰って女房とのジンラミー（二人でやるトランプゲーム）の勝負を終わらせることができるわけだ。

警視　あわてなさんな、老いぼれ先生！

エラリー　トウィルはこのホテルから出ていませんよ、プラウティ先生。ヴェリーが確かめています。（再び、前より大きいノックの音）

ヴェリー　（静かに）ふむ――ふむ。（ドアノブを乱暴にガチャガチャ回す）

警視　（鋭く）何かおかしなことが起こっているな。

エラリー　後ろに下がってくれ、ニッキイ。（ニッキイは弱々しく「ええ」）ヴェリー――きみとぼくでやろう。一緒に、さあ――

ヴェリー　（重々しく）やりましょう、大先生。（ドアに体当たりする）もう一丁――（体当たりの音）

エラリー　（息を切らして）ドアが――破れそうだ。もう一度だ、部長！（体当たりの音。鍵が壊れ、ドアが内側の壁に叩きつけられる音。部屋に駆け込む足音）

警視　トウィル？　ダモン・トウィル！　居間を調べろ、ヴェリー！（一同、混乱したアドリブ。そこに離れた位置から声が割り込む……）

エラリー　（離れた位置で）トウィルはここにいます――寝室に！

プラウティ　（不満げに）どきたまえ、ヴェリー、わからんのか？
ヴェリー　わかってますよ、先生、わかってますって。
ニッキイ　（弱々しく）手に……毒薬の壜を持っているわ。
警視　自殺か！　耐えられなかったのだな。自白したも同然だ。
エラリー　ということは、半年前にダモン・トウィルは、伯母を本当に殺したわけか……（ニッキイが悲鳴を上げる。間髪容れず）ニッキイ！
ヴェリー　どうしました、ポーター嬢ちゃん？
ニッキイ　その人、動いたわ！（悲鳴を上げ続ける）
警視　プラウティ！　こやつは死んでおらんのか？
プラウティ　（きっぱりと）ああ、まだ生きている。手を貸してくれ。こいつを助けられるかもしれん！

第四場　ホテルのトウィルの部屋、しばらく後

（劇的な音楽が高まり——離れた位置でドアが開く音が割り込む）
ニッキイ　プラウティ先生が来たわ。
ヴェリー　先生！　良い知らせですか？
プラウティ　（近づきながら。疲れた声で）そんなに良い知らせではないな、ヴェリー。

警視　くそ！

エラリー　（ゆっくりと）トウィルは毒を飲んだのですか、プラウティ先生？

プラウティ　うむ。三グレインほど飲んでいるな――二時間ほどで絶命するには充分な量だ。もし六グレイン飲んでいたら、即死していただろうな。あの男と話をしたいのなら、取りかかった方がいい……（警視たちはアドリブで応じる。みんなの足音）

ニッキイ　（足音に重ねて）助かる望みはまったくないのですか、プラウティ先生？

プラウティ　ニッキイお嬢ちゃん、トウィルは今はまだ、造物主との約束の履行が遅れているに過ぎないのだよ。（トウィルがアドリブでうわごとをもらしている声が近づく）警視、さっさとやった方がいい。

警視　急いでくれ、ニッキイ！　こやつの言っていることを書き留めてくれ！（ニッキイは息を呑むアドリブ）（やさしく）トウィル。トウィル、わしがクイーン警視だ。きみはもう長くないのだ、トウィル。わしらに供述をすべきだ。

トウィル　（うめきながら）わかっているよ。ぼくはやらされたんだ。伯母を殺した。毒で……。（語尾がかすかになる）

エラリー　きみが自殺しようとした理由がそれなのか、トウィル？

トウィル　ぼくは自殺なんかしていない！　ぼくも殺されたんだ！（一同、驚く。再びうわごとのように）あいつらには金を払った。一人に十万ドルを。看護師のメイ・イェーガー――ガーク博士――薬剤師のブランコ――弁護士のロス――やつらがぼくにやらせたんだ……

警視　きみを殺そうとしたのは誰だ、トウィル？　気をしっかり持って――話してくれ……

トウィル　気分が悪かったので――（エラリー「それで？　それで、トウィル？」）ドアが開いて――誰かが入ってきて――「これを飲むように」って――（苦悶の叫び）ぼくの喉が！　焼けてしまったんだ！

警視　それは誰なのだ、トウィル？

エラリー　誰がきみに毒を飲ませたのだ、トウィル？

トウィル　（叫ぶ）ぼくの喉が！　ぼくの――（長いうめき声。息を引き取る）

プラウティ　ふむ、この男は死んだよ。（警視は失望のうめき声を上げる）

ヴェリー　（小声で）ここから出た方がいいですよ、ポーター嬢ちゃん。（ニッキイは泣きながら遠ざかる）

エラリー　つまり、半年前にこの男の伯母を殺害する計画があったのですね。医者と看護師と弁護士と――毒薬を手に入れるための薬剤師が――その全員が、トウィルと組んでいたわけです！

ヴェリー　そして今、そいつらの一人が、トウィルが吐くのを防ぐためにバラしたわけですな。

警視　（鋭く）ヴェリー！　捜査本部を立てて、逮捕状を一式そろえて、殺しにかかわった連中を全員逮捕しろ！

第五場　道路の料金所、しばらく後

（音楽が高まり……ホランド・トンネル（マンハッタンとニュージャージー州を結ぶトンネル）に入る道路の料金所の騒音が割り込む。車が近づく音）

ヴェリー　よし、行け、おまえたち！（警察官たちが車を取り囲む様子をアドリブで）おい、おまえ、ガーク！　ホランド・トンネルを利用するなんて、間抜けもいいところだな！

ガーク博士　（声が近づく）これはどういうことかね？

メイ　（小声で）しゃべったら駄目よ、先生——こいつら警察だわ！

ヴェリー　そして、こっちが看護師のメイ・イェーガーか、どうだ？（メイ「はい……」）逮捕状が出ている。おまえら二人分だ！

ガーク博士　逮捕状だって？　なぜきみは——きみは何か間違えている！

ヴェリー　おや、そうかい？　このポンコツ車の向きを反対にするんだ、ガーク博士。おまえさんとメイ・イェーガーを、ブタ箱までバイクでエスコートして進ぜよう！

第六場　裁判所、しばらく後

（音楽が高まり……そこに裁判長の木槌の音が割り込む……）

裁判長　これにて閉廷。（法廷内のざわめき）

記者　陪審員への訴えかけが成功しましたね、ロスさん。これで依頼人は無罪放免となったわけです。しかし……ええと……あなたの個人的な意見はどうですか？――オフレコで。

ロス　（笑いながら）ここだけの話だがね、あの男は有罪で――

警視　（近づきながら鋭い声で）ロス！

ロス　そうだが？（間を置いて）ああ、クイーン警視――

警視　ロス、きみを逮捕する！

第七場　飛行場、しばらく後

（音楽が高まり……そこに飛行機のエンジンが動き始める轟音が割り込む。飛び立とうとする飛行機の乗客たちのアドリブ）

ブランコ　（息を切らしながら近づく）スチュワード！　これはリオデジャネイロ行きの便か？

スチュワード　はい、お客さま。フロリダ経由です。

ブランコ　よし！　すまねえな。あたしの手荷物は……（怒って）何だ？

ヴェリー　（のんびりと）何を急いでいるのかな、セニョール・ブランコ？

ブランコ　（憤慨して）あたしの腕を離せ！　南米行きの飛行機を逃してしまうじゃないか！

ヴェリー　逃した方がいいですな。おまえさん、い、い、おまえさんの行き先は北米の牢屋なのだから！

第八場　クイーン警視の執務室、しばらく後

（音楽が高まり……そこに）

警視　（かなりけわしい声で）わしは、天気の話を楽しむためにおまえたち四人を牢にぶち込んだわけではないのだ！　しゃべったらどうかね、ガーク博士？

ガーク博士　（ひどく神経質に）だが、きみがこのわしに何を話すことを期待しているのか、わからんのだよ、クイーン警視。これは冤罪で――

警視　冤罪かね、ふむ。では、メイ・イェーガーは？　きみも冤罪なのかね？

メイ　（ヒステリックに）あたしから聞き出せることなんて、何一つないわよ！

警視　そして、われらが薬剤師の友人、セニョール・ブランコは？

ブランコ　（いらだたしげに）あたしは何も知らないね。何も。

ロス　警視、これは〈星室庁（1487年に設立された専断不公平で有名な刑事裁判所）〉のやり方だ。専門家の助言を求める！

警視　（冷たく）きみには他人の助言が必要だろうな、ロス。（ぴしりと）よしわかった。こいつらを牢に戻せ、おまえたち。（四人はアドリブをしながら遠ざかる）

ヴェリー　無駄ですな、警視。一発ぶちかますべきですよ。

ニッキイ　でも、その材料を持っていないのよ！

エラリー　材料ならたっぷり持っているさ、ニッキイ。トウィルの死に際の供述。今日の午後、

安酒場のボックスでトウィルが連中と話しているのを立ち聞きしたウェイターの証言。

警視　残念なことに、そのウェイターが聞いた話は、連中がトランプを切って、誰がダモン・トウィルを片付けるかを決めるところまでだったのだがね。

ヴェリー　それに加えて、あの四人へのトウィルの支払い記録が残っているのですよ。一枚十万ドルの――小切手が、ダモン・トウィルの直筆《ジョン・ハンコック》のサイン入りで。

ニッキイ　でも、あの人たちはそろって、お金は甥からの贈り物だと――伯母さんが死ぬ前に〝病気〟にかかっている間、いろいろなことで大変〝お世話になった〟お礼としてだと――主張していなかったかしら？

エラリー　そんな作り話を押し通すことは出来ないさ、ニッキイ。（くすくす笑いながら）ぼくはこの状況が気に入りましたよ。ぼくたちは四人の殺人者を捕らえたわけですからね！

警視　さよう。法律上は、やつらは全員、トウィル殺しで同じ罪になる。

ニッキイ　いつもと違う、と言いたくなるわね。罪ある一人を見つけ出すために無実の人たちを除く必要がない――あの人たちは全員が犯罪に加担しているので――という風に変わったわけね。

ヴェリー　というわけで、今回は偉大な先生が解くべき謎は何もない、ってことです。

警視　（いらだたしげに）もちろん、あるのだ、ヴェリー！　今夜、誰が実際にトウィルの部屋に忍び込み、毒薬を飲ませて殺したのかを特定しなければならんのだ。そうしないと、地方検事は事件を立件しないからな。だが、連中の誰がやったというのだ？　いまいましい。特定する方法があるというのか！

エラリー　でも、特定する方法はありますよ、お父さん。

警視　何だと？

ヴェリー　特定する方法があるんですか？

ニッキイ　誰がダモン・トウィルに毒を飲ませたか、わかったというの、エラリー？

エラリー　間違いなくわかっているよ、ニッキイ。（きっぱりと）ダモン・トウィルが死んだ瞬間に、ぼくはわかったのさ！

（音楽が高まり……そして挑戦コーナーに）

聴取者への挑戦

エラリー・クイーンはこの時点で、ダモン・トウィル殺しの犯人が四人の中の誰かを突きとめました。彼が推理に用いた手がかりは、すべて、みなさんにも提示されています。続く解決篇でそれが明かされる前に、あなたも推理してみませんか？

誰がダモン・トウィルを毒殺したのでしょうか？

第九場　同じ場所、すぐ後

（音楽が高まり……そこにエラリーを質問攻めにするアドリブが割り込む）

エラリー　でも、みんながわからないというのは驚きですね。いいですか。あの四人が協議して〝トウィルは死ぬべきだ〟と決めた理由は何でしたか？

ニッキイ　それは、あの人が臆病で弱虫だったからでしょう、エラリー。

ヴェリー　トウィルは、自分の伯母殺しにおいて連中がどんな役割を果たしたのかを、あらいざらい警視にしゃべりそうだったからですな。

警視　そうだ。連中は、トウィルがわしの尋問で落ちるのを恐れたのだ。

エラリー　正解です。トウィルを亡き者にする計画のただ一つの目的は、彼が警察に話さないようにすることでした。お父さん、もしあなたが約束した九時にホテルに出向いたときにトウィルがまだ生きていたら、計画のすべてが水泡に帰することになるし、連中もそれはわかっていました。ということは、今夜お父さんが会う前に、トウィルは確実に死んでいなければならなかったはずです！　連中はトウィルを即座に、確実に消す必要がありました――それが、彼の口を確実に封じるもっとも安全な方法だったからです。

警視　だが、トウィルは即死ではなかったぞ、せがれ。まだ持ちこたえていたし、わしらと話すこともできたではないか。

ヴェリー　とはいえ、実際には、殺したやつの名前を告げる前に死んでしまいましたがね——殺人者にとっては幸運なことに。

エラリー　あいにく、幸運ではなかったのだよ、部長。では、どうしてトウィルはすぐに死ななかったのでしょうか？

ニッキイ　その理由は、プラウティ先生が言っていたわ。トウィルを即死させるには六グレインの毒を飲ませるべきだったのに、毒殺犯は三グレインしか与えなかったからよ。

エラリー　でも、毒殺犯はトウィルが即死することを望んでいたのではありませんか、どうです？（一同、アドリブで同意する）結論——毒殺犯は即死させるために飲ませる適切な分量を知らなかった。そのため、不充分な量を与えてしまった。

警視　だが、犯人が即死させるのに必要な分量を知らなかったとすれば、エラリー——

エラリー　これによってぼくたちは、いとも容易《たやす》く殺人者を名指しすることができるのです！四人の容疑者とは誰でしょうか？　ガーク博士、メイ・イェーガー、ブランコ、そしてロスです。ガーク博士は即死に必要な分量を知らなかったのでしょうか？　まず、あり得ません——彼は医者なのですから！　メイ・イェーガーは？　でも、この女性は正看護師なのです！　ブランコは？　彼は薬剤師なのです——その上、殺人に用いた毒薬は、彼が提供したものでした。かくして、ぼくたちが消去できなかったただ一人の人物が、ダモン・トウィルの毒殺犯でなければなりません。裏付けはあるでしょうか？　あります！　なぜならば、残ったただ一人は弁護士なので、そのため、即死させるために必要な毒薬の量に関する専門知識を持っていなかったと思われるからです。

ヴェリー　三百代言の……ロスか！

エラリー　その通りだよ、部長——弁護士のロスだ！

（音楽、高まる）

今夜の物語は、ぼくが色盲についていろいろ調べようとしたために巻き込まれた事件に関するものです。ぼくはこの物語をこう呼びました——

赤い箱と緑の箱の冒険

The Adventure of the Red and Green Boxes

登場人物

探偵の　エラリー・クイーン
ニッキイの代理で秘書をつとめる　ミス・ホームズ
エラリーの父親で市警本部の　クイーン警視
クイーン警視の部下の　ヴェリー部長刑事
色盲を研究している　バート博士
色盲の実験に応じた　アンブローズ・ウィリアムズ
色盲の実験に応じた　モーリン・グレイソン
色盲の実験に応じた　リック・ファウラー

放送　一九四二年十二月二十六日
場面　クイーン家のアパート――バート博士の家

第一場　クイーン家のアパート

（音楽が高まり……そこに）

ミス・ホームズ　（辛抱強く）今日の口述の準備は出来ていますよ、クイーンさん。（エラリーはぼんやりと「はあ？」）わたしが言っているのは……

エラリー　（ぽかんとして）きみは誰だ？

ミス・ホームズ　（驚いて）わたしが誰か、ですって？　理解できません、クイーンさん……

エラリー　（くすくす笑いながら）ああ、ホームズさんか。失礼した。タイプライターの前にはニッキイ・ポーターがいる光景に慣れてしまったもので……（ミス・H「ええ、クイーンさん」）

ミス・ホームズ　（つんとして）理解できました、クイーンさん。代理の秘書では、あなたを満足させることはできないのですね。

エラリー　まいったな、ホームズさん。きみの友人のニッキイ・ポーターが、年が明けるまでカンサス・シティの実家に帰ると決めたことは、きみのせいではないよ。

ミス・ホームズ　わたしにできる限りの仕事はやりますので、クイーンさん。

エラリー　（気が乗らない声で）ああ。ありがとう。では、昨日の口述はどこまで進んだかな？

ミス・ホームズ　色盲の手がかりまで進んでいます。

エラリー　ああ、そうだったね。さてと、『ブリタニカ百科事典』も、パーソンズの『色覚研究序説』も、アイデアを与えてくれなかったな。ホームズさん、ぼくのノートを持って出かけようか。〈医学機関図書館〉に行って調べてみよう。

ミス・ホームズ　クイーンさん、一つ提案してよろしいでしょうか？

エラリー　（びっくりして）かまわないけど。

ミス・ホームズ　どうしてバート博士に相談してみないのですか？

エラリー　バート博士って誰かな？

ミス・ホームズ　今朝、新聞の個人広告欄に広告を載せていた人です、クイーンさん。（切り抜きのカサカサという音）これです。（エラリーはアドリブで対応）（彼女は少し離れた位置から）もし少々お時間をいただけるなら――（彼女は電話を取り上げ、ダイヤルを回し、次のエラリーの台詞の間に離れた位置でアドリブを……）

エラリー　（読み上げる）「求む――男女を問わず、色盲に悩まされている人たち。痛みのない調査用の実験のため。報酬あり。問い合わせはバート博士、東五一三……」などなど。

ミス・ホームズ　（離れた位置で）回線をそのまま切らずにお願いします。

エラリー　ホームズさん、バート博士に電話をかけてくれ！

ミス・ホームズ　もう電話をかけています、クイーンさん。これです。

エラリー　（少し後ろを向いて）おっと。ありがとう、ホームズさん……。バート博士ですか？

ぼくはエラリー・クイーンという者です。

バート博士　（電話ごしの声）エラリー・クイーン！　あの有名な探偵の？（くっくっと笑う）私が何かしでかしたとでも言うのかね？

エラリー　（笑いながら）何もしていない――ことを望みますよ、博士。聞いて下さい、バート博士。あなたは、ぼくが探偵小説を書いていることもご存じだと思いますが――

バート博士　もちろん知っているよ。私はきみの大ファンの一人だからね。

エラリー　ありがとうございます！　博士、ぼくは色盲に関する情報を必要としているのです。少しの間、そちらにうかがってもよろしいでしょうか？

バート博士　もしきみが望むなら、クリスマス週間の終わりまでわが家に滞在してもかまわないよ、クイーン君。色盲の人に向けた広告には、三人の応募があった。彼らには、わが家で客としてクリスマス週間を過ごしてもらう予定になっている。だから、色盲についてあれこれやるクリスマスになることは請け合うよ――

エラリー　特別な実験をやるつもりなのですね、バート博士？

バート博士　そうだ。どうかね？　私にとっては光栄なことだが。

エラリー　ぼくの秘書も招待客に加えてもらうことはできますか、博士？

バート博士　歓迎するよ！　いつごろ来ることができるかね？

エラリー　（くすくす笑いながら）バート博士、あなたが科学と厚遇の両方を提示してくれたことを鑑《かんが》みて――今すぐ行きましょう！

第二場　バート博士の家

（音楽が高まり……そこにエラリーとバート博士の笑い声が割り込む）

エラリー　他人行儀はやめましょう、バート博士。ぼくをエラリーと呼んでください。

バート博士　（にこやかに）ではエラリー。きみを悩ませている色盲に関する問題とは何かね？

エラリー　特別な問題があるわけではありませんが――ぼくは新しい視点を探しているのです。記録してくれないか、ホームズさん。（ミス・Hはアドリブで対応）では、話を始めてもらえますか、バート博士！

バート博士　（くっくっと笑いながら）きみは剛の者だな！（まじめになって）そう――色盲は私のライフワークだ。これに関して、私はいくつか新しい理論を持っていて――それが、実験のために人を雇った理由だよ。きみも知っているように、色盲には多くの段階がある。三色型色覚（正常な色覚）から単色型色覚――すべての対象が灰色にしか見えない全色盲のことだよ――まで。

エラリー　もっともありふれているのは、赤と緑の識別ができないタイプだということでよろしいですか、博士？

バート博士　そうだ、エラリー。われわれはそういった症状を、第一色盲《プロターノピア》または第二色盲《デターノピア》と呼んでいる――

ミス・ホームズ　すみません、博士。申し訳ありませんが、今の二つの言葉がきちんと聞き取れなかったのですが。

バート博士　第一色盲とは、赤色盲のことだよ、ホームズさん。第二色盲とは緑色盲。おや、エラリー、科学的な啓蒙を求める者にしては、きみは充分な注意を払っているようには見えないな！

エラリー　（ばつが悪そうに）失礼しました。でも、あなたの三人の招待客のことが気になってしまって。

バート博士　私の被験者のことかね！　おやおや、彼らに何か問題があるのかね？

エラリー　あなたはこう考えないのですか、博士？——三人のまったくの赤の他人を週末に自宅に招くのは危険だと。

バート博士　危険？　どういう意味かね？

エラリー　ええと、あなたはさっき、数週間前に珍しい宝石を買ったと言いませんでしたか？

バート博士　うむ。〈時代の血〉——有名なルビーだ。五万ドルの保険を掛けている。一人娘の結婚祝いに買ったのだよ——大晦日に式を挙げるのでね。それがどうかしたのかね、エラリー？

ミス・ホームズ　クイーンさん、これも全部、記録しますか？

エラリー　いや、必要ないよ、ホームズさん。とりあえず——仕事から離れてくれ。博士、あなたはルビーを銀行の貸金庫に入れているのですか？

バート博士　いや、預けていない。この部屋にある。——暖炉の上に肖像画が掛かっているだろう。その後ろの壁龕《へきがん》の中だ。
エラリー　あなたは他人を疑うことを知らないのですね！　三人の被験者が到着した後で、まだそこにあることを確かめましたか？
バート博士　うむ。彼らは三人とも昨日の午前中に着いたが――私は昨日の午後にルビーを見たからな、エラリー。
エラリー　にもかかわらず、博士、ぼくはいやな気分がしてなりません。肖像画の背後の壁龕の中に、まだルビーがあるか見てみませんか。
バート博士　（笑いながら）わかったよ……肖像画をドアのように蝶番のところで開けて……（小さくきしむ音）それからこの小さな扉があるので……（ぎょっとして）おお！
ミス・ホームズ　（心配そうに）何かあったのですか、バート博士？
バート博士　（うろたえて）その通りだ、ホームズさん。私はルビーを赤い箱に入れていたのだ。今この場所にあるのは緑の箱で、赤い箱はなくなっている！
エラリー　（鋭い声で）その緑の箱を開けてください、博士。（蓋を開ける音）
バート博士　なくなっている！　私のルビーがなくなっている！
ミス・ホームズ　でも、箱の中には宝石が入っていいいますよ、バート博士！
バート博士　わけがわからん。この宝石は、私のルビーのように見える――同じ形で、同じ大きさ……だが、色が緑だ！　これはエメラルドだよ！
エラリー　そのエメラルドを見せてもらえますか？（バートはアドリブで応じる）お気の毒です、

博士。これは価値のない人造宝石です。ホームズさん、父さんに電話をしてくれ。急いでこちらに来るように、と。（ミス・Hはアドリブをしながら遠ざかり、離れた位置で……以下の会話の背後で……電話でのやりとりをする……）

バート博士　私のルビーが――盗まれた！（おろおろして）だがエラリー、なぜ泥棒は、箱と人造宝石を代わりに残していったのだろう？

エラリー　盗難の発見を遅らせるためですよ、もちろん。

バート博士　だが――なぜ私の赤い宝石と赤い箱の代わりに、緑の宝石と緑の箱を置いたのかな？

エラリー　あなたは自分でその答えを出せるはずですよ、博士。明らかに、泥棒は赤と緑を識別できなかった――一方の色ともう一方の色の見分けがつかなかったのです。

バート博士　泥棒は色盲なのか！

エラリー　そうです、博士。そして、あなたの家には、三人の色盲が滞在しているではありませんか！

第三場　同じ場所。しばらく後

（クイーン警視とヴェリー部長が到着し、博士の高価なルビーの盗難事件を捜査している……）

警視　ヴェリー、例の三人の名前と特徴は調べたか？

ヴェリー　（不機嫌そうに）クリスマス週間だというのに！（ため息をつく）まず、アンブローズ・ウィリアムズです、警視。背が高くてやせた男。モーリン・グレイソン――脱色した金髪女で、右足を引きずっています。そしてリック・ファウラー――小柄で太っていて、顔が――浅黒い男で、どうもこいつは気にくわないですな。

警視　ただちに部下に伝えろ、ヴェリー。あの三人の完璧な調査報告書がほしい、と。

ヴェリー　五万ドルの価値を持つ赤い宝石《アイス》がある家に、見知らぬ連中を三人も招き入れるとはね！（遠ざかる）この天才バートは、脳の精密検査をするべきですな。（離れた位置でドアが閉まる）

バート博士　（うめく）ヴェリー部長は正しいよ、警視。私はどうしようもなく愚かだった。それにしても、いつやられたのだろう？

警視　そうですな、博士。あなたは、昨日の午後にルビーを見たと言ってましたな。そのときから、今日、エラリーとホームズ嬢がここに来るまでの間、この家には四人しかいなかった――あなた自身と、あなたが広告で集めた三人の被験者しか。ならば、おそらくルビーは、昨夜盗まれたのでしょう。

エラリー　昨夜、いつもと変わったことはありませんでしたか、博士？

バート博士　いつもと変わったことかね、エラリー？　いいや。……あった！

警視　何かね、バート博士？　そいつは手がかりになるかもしれない！

ミス・ホームズ　何があったのですか、博士？

バート博士　真夜中のことだ。ベッドに入る直前、私は二階の寝室の窓の前に座って、パイプをふかしていた。すると、何者かが階下《した》から家を出て行くのが見えたのだ――

警視　本当か？　そいつは三人の中の一人に間違いないな。誰なのか判別できましたかな、博士？

バート博士　夜になるとあの通りがどれくらい暗くなるか、警視、きみにもわかるだろう。人影の輪郭くらいしか判別できなかったよ。

エラリー　その人影は何をしたのですか、博士？

バート博士　角に向かって歩いて行ったよ。そして、火災報知器のボックスの前で足を止めた。

ミス・ホームズ　火事を通報しようとしたのかしら？

バート博士　そうではなかったよ、ホームズさん。その人影は、まるで手に持った封筒を火災報知器に押しつけるみたいに手を上げた。すると、突然通りを横切って、反対側の角に向かったのだ。

エラリー　（考え込むように）郵便ポストに向かったのですね、もちろん。

バート博士　その通りだ、エラリー。そいつは手紙を投函すると、家に戻ってきた。これがすべてだ。

警視　そやつが泥棒であることは間違いありませんな、バート博士！　あなたのルビーをくすねた後だったのだ。だから、そいつを持っているところを見つかる危険を冒したくはなかった。そこで、安全な場所にそいつをさっさと郵送したわけだ。

ミス・ホームズ　そして今、それはわたしたちの知らない場所に移動中というわけね！
エラリー　博士、人影が火災報知器の前で立ち止まったことの重要性は、わかっていますか？
バート博士　（ぽかんとして）重要性？
エラリー　そうです！　ぼくたちはすでに、泥棒が色盲であることを知っています──泥棒が赤い箱の代わりに緑の箱を残したこと、そして、あなたのルビーが置いてあった場所にまがい物のエメラルドを残していったことによって。今、ぼくたちは、犯人が色盲だという確証を得ました！　犯人は封筒を出す際に、最初は郵便ポスト──緑色です──と間違えて、火災報知器──赤い色です──に向かったのです！（バート博士「そうだ……もちろん！」）
警視　だが、捜査の役には立たん！　バート博士の被験者は、三人とも色盲ではないか！
バート博士　あるいは、「彼らはそう主張している」のかもしれませんよ、警視。
エラリー　主張？　あなたは彼らが色盲かどうかを知らないのですか、博士？
バート博士　知らないのだよ。私はまだ、テストを実施していないのでね、エラリー。私が知っていることは、彼らが私に話してくれたことが全部だ。彼ら全員が──もっともありふれたタイプの──赤緑色盲を患《わずら》っている、という話がすべてだよ。
エラリー　だとしたら、お父さん、今すぐバート博士に、彼ら三人のテストをやってもらいましょう！　彼らの一人が、この家に入り込むために色盲のふりをしたということは、考えられませんか？　そして、もし彼らのうちの二人が偽者だとしたら……
警視　だとしたら、三人目が本物の色盲に違いないし──泥棒に違いない。正しいぞ、せがれ！

博士、あなたの腕の見せ所ですぞ！

バート博士 （考え込みながら）私は、着色した羊毛を用いたホルムグレンの色彩合致テストか、エドリッチ灯テストか、シュテリングの同色板テストをやろうと考えていたが……これらのテストは、きみたちが逮捕する証拠に使うのは難しいな。ええと、そうだな……何か簡単な……。この壁は灰色に塗られているな――これがいい。何か赤いものが必要だ……。ホームズさん！あなたの口紅を貸してもらえますか。

ミス・ホームズ （離れた位置で）もちろん。どうぞ、博士。

バート博士 うん、これは私の目的にぴったりの色合いだ。見ていたまえ、私はきみの口紅でこの灰色の壁に書く――いいぞ――太い――赤い――線を……（離れた位置でドアが開く）

ヴェリー （近づきながら）ここで何をやっているのですかね？　博士！　あんた、何をやって――？　自分の家の壁に落書きをしているのですかい？　しかも口紅で！

警視 （くつくつ笑いながら）科学的方法というやつだよ、ヴェリー。おまえにはわからんだろうがな。さあ、アンブローズ・ウィリアムズを引っ張って来い、ヴェリー。この居間の外で待たせておけ。

ヴェリー でも、今来たばかりなんですがね！（遠ざかりながら）何というクリスマスだ。（離れた位置でドアがバタンと閉まる）

エラリー 博士、テストは二種類やった方が良いのではないですか？　念のために。

バート博士 私がこれからやろうとしているのが、二つ目のテストだよ、エラリー。ふーむ……

よし！　あの明るい黄色のソファーがいい。これなら上手くいきそうだ。さて……何か赤いものがもう一つ……

ミス・ホームズ　わたしのハンドバッグはどうです、バート博士？

バート博士　ぴったりだ。これで、ただ単に、ホームズさんの赤いバッグを黄色いソファーの上に置くだけで――テストの準備はできたよ、クイーン警視！

警視　（呼ぶ）ヴェリー！（離れた位置でドアが開く。ヴェリーの不機嫌そうなアドリブ）アンブローズ・ウィリアムズを中に入れろ。

ヴェリー　（離れた位置で）ウィリアムズ。入れ。（近づきながら）ねえ、ここで何が起こっているのか、誰かあたしに教えてくれませんかね――

警視　今は駄目だ、ヴェリー。外に出て、ミス・グレイソンに準備をさせておけ。

ヴェリー　まったくもう、何をする準備なんですかねえ？（遠ざかりながら）わかりましたよ。あたしは打ち明けてもらえるほどには信用されていないわけだ――（ドアがバタンと閉まる）

バート博士　座りたまえ、ウィリアムズ君。テストの準備はできている。

ウィリアムズ　（神経質に）何をすればいいんだ、バート博士？　痛い思いをするのか？

バート博士　神に誓って、痛みはないよ。きみはただ単に、そこにある二つのものを識別するだけでいい。

ウィリアムズ　それで安心した！　いいとも、博士。はじめてくれ。

バート博士　ウィリアムズ君、この壁に何かが見えるかね？

ウィリアムズ　（いぶかしげに）何かが見えるか、だと？　ああ、何かが見えるよ。

バート博士　何が？

ウィリアムズ　線だ。曲がっている。落書きだよ。

バート博士　落書きは何色かね、ウィリアムズ君？

ウィリアムズ　色？（ためらう）ええと……文字は緑色だ。

バート博士　わかった。では、あそこの黄色いソファーの上に何が置いてあるかわかるかね、ウィリアムズ君？

ウィリアムズ　女物のハンドバッグだ。緑のハンドバッグ。（バート博士「ああ！」）

ミス・ホームズ　バート博士、この人、わたしの口紅と赤いハンドバッグを「緑」って言ったわ。ウィリアムズさんは色盲ね。間違いないわ！

バート博士　（冷静に）残念だが、科学的証拠はそれとは反対のことを示しているのだ、ホームズさん。ウィリアムズ君は色盲ではない。

警視　（鋭い声で）ウィリアムズ。じっとしていろ！（ウィリアムズは弱々しいアドリブ）

エラリー　でも博士、彼は二回とも「緑」だと言いましたが。

バート博士　エラリー、緑と赤を識別できないタイプの色盲の人は、灰色の表面の上の赤色は、まったく見えないのだよ！　灰色の壁の上の赤い走り書きは、ウィリアムズには完全に見えなくなるはずだ！

エラリー　彼は、ぼくたちが疑っていることに気づいていたのか。それで、ぼくたちを「納得」

させようとして、実際には赤く見えているにもかかわらず、緑だと言ったわけだ！　ふーむ。
ミス・ホームズ　でも、二つ目のテストはどうなの、バート博士？　ウィリアムズさんは、黄色いソファの上にある私の赤いハンドバッグを緑だと言ったでしょう？——色盲に見えますけど。
バート博士　ああ。だが、赤緑色盲の患者は、明るい黄色が背景の場合は、赤が見えるのだよ、ホームズさん！
警視　よし、ウィリアムズ、おまえの打順だ。なぜ芝居をした？
ウィリアムズ　（やけくそのような笑いを短く）そのう……ぼくは無一文なんだよ。そんなときに、バート博士の広告を見たんだ。色盲の人のテストに金を払うとあった。だから、博士が約束した一日十ドルの報酬に飛びついたんだ。博士、ぼくはどうしても金が欲しいんだよ。たぶん、この笑い話は、あんたにとって十ドルの価値があるんじゃないかな。気前の良いところを見せてくれよ！
バート博士　（いらいらして）わかった、ウィリアムズ、わかったよ。
警視　だがウィリアムズ君、出て行かないように。まだだ。（呼びかける）ヴェリー！（離れた位置でドアが開く）ミス・グレイソンを中に入れろ。
ヴェリー　（離れた位置で）入れ、ミス・グレイソン。（離れた位置で彼女のアドリブ）警視、いいかげん、あたしに説明して——
警視　リック・ファウラーを外に待機させておけ、ヴェリー。あと、ドアを閉めておけ。
ヴェリー　（怒って）わかりましたよ！　あたしをずーっと仲間はずれにするわけですな！（離れ

た位置でドアをバタンと閉める）

警視　これでよし。博士、ミス・グレイソンのテストをしてくれ。

バート博士　神経質にならなくていいよ、グレイソンさん。壁の文字を見てくれないか？

グレイソン　（フフフと笑いながら）あの赤い殴り書きのこと？　はい、博士。（忍び笑い）

ミス・ホームズ　（小声で）うーん。あの人は何も見えないはずなのに！

バート博士　今度は、あのソファーの上のハンドバッグだ、グレイソンさん。あれは何色かね？

グレイソン　何色？　ああ。あれは——ええと——緑よ。

エラリー　（きびしく）もしきみが本当に色盲なら、グレイソンさん、きみはあのハンドバッグを赤だと言うはずだ。

警視　その通りだ、お嬢さん。なぜきみは、色盲を騙《かた》ったのかね？　わしは市警本部のクイーン警視だ。

グレイソン　警察？（泣き出す）あ——あたしを逮捕しないで！　何かごたごたに巻き込まれた感じがしていたのよ！　あたしはウィリアムズさんの婚約者で——（ウィリアムズ「はあ？」）あたしたちはケンカをして——この人をここまで追ってきたの。もし、あたしが週末いっぱい同じ家でこの人と過ごしたら、キスして仲直りできるんじゃないかと期待して。ジョージ！　この人たちに、これが事実だと教えてあげて！

警視　「ジョージ」だと！　きみの名前はアンブローズじゃなかったのか？

ウィリアムズ　警視、この女を見たのは昨日が初めてだ。こいつはいかれているよ。

グレイソン　（悲しんで）アンブローズ！　おお、アンビー、ダーリン……意地悪しないで――馬鹿げたことを言い張らないで！

ウィリアムズ　聞け、姉ちゃん、ぼくはあんたを〈腸チフスのティリー（１９００年代初めにニューヨークで腸チフスの感染源となった〈腸チフスのメアリー〉のことか？）〉の時代から知らない。あんたの〈白馬の王子〉には、誰か他のやつをとっ捕まえるんだな。こっちは自分の問題を抱えているのでね。

グレイソン　（泣きながら）本気で言っているの、アンビー！　あなたを憎むわ！

警視　（どなる）ヴェリイィイー！（離れた位置でドアが開き、「ファウラーを中に入れろ」などアドリブの会話。――以下の会話に重ねて……）

ミス・ホームズ　（マイクの近くで小声で）クイーンさん、もしあの二人が本当は色盲ではないのなら――残った一人が――ファウラーが――色盲の――ルビーを盗んだ人でなければならないわ！

エラリー　（同じように小声で）すぐわかるよ、ホームズさん。静かに。

警視　（声を大きくして）よし、ファウラー君……何を尻込みしているのかね？　入りたまえ！

ヴェリー　警視の言っていることが聞こえないのか、ファウラー？（いらいらして）さっさと――中に入れ――入らないなら、あたしが……何をする！

ミス・ホームズ　あの人、銃を出したわ！

エラリー　ヴェリー、そいつは銃できみを殴るつもりだ――気をつけろ――！

ヴェリー　（殴られたように）うっ！（ホームズが悲鳴を上げる）どうして、おまえは――

ファウラー　（冷酷に）手を上げろ！

警視　（おだやかに）何と、ピストル強盗か。

ファウラー　ああ――まったく、いまいましい！　はったりじゃないぞ。次はこの銃に本来の仕事をしてもらう――音を出してもらうからな。わかるな？

ヴェリー　（うめきながら）警視、こいつが銃を持っているなんて、あたしにどうしてわかるというのです？　もし、誰かがさっさとあたしに教えてくれていれば――（警視「ヴェリー、二度は言わんぞ――」）

ファウラー　教えてやるよ。おれはここに、テストのために来たんだ。あらごとのためじゃない。一体全体、何が起こっているのかはわからないが、探り出されるのを待っているわけにはいかない。おれはずらかるよ。そのまま立っていろ――動くなよ――

エラリー　ファウラー、きみは、自分が色盲ではないことをぼくたちが探り出すのを恐れているのではないか？

ファウラー　だったら、何だと言うのだ？

エラリー　もしきみが、自分が色盲だと偽ってここに来たのならば、ぼくたちには必要ない。ぼくたちは、色盲の人物を探しているのだ。

ファウラー　そうなのか？（ためらいを見せる）そいつは本当なのか？

エラリー　本当だ、ファウラー。

ファウラー　よし、それならおれは色盲じゃない。おれの目はみんなと同じように正常だ。

バート博士　壁に書かれているのは何色かね、ファウラー？
ファウラー　何だと？　赤だよ。
バート博士　ソファーの上のハンドバッグは何色かな？
ファウラー　あれも赤だ。
バート博士　警視、ファウラーは本当のことを言っている。彼もまた、色盲ではない。
警視　よし、ファウラー。その銃をこっちに渡せ。
ファウラー　だますのじゃないだろうな？
ヴェリー　さっさと出せ、ファウラー、銃があろうがなかろうが、七面鳥の足の骨付き肉みたいに引きちぎってやるぞ！
エラリー　部長、ファウラーさんは無鉄砲なことはしないさ。この家が包囲されていることを知っているならね。
ファウラー　包囲だと！　ほら、おれの銃だよ、旦那。銃をぶっぱなして殺人の容疑をかけられたくないのでね。
ヴェリー　ありがとう、ファウラーさん。さて、あなたとあたしは、ちょっとした楽しい会話をするために、外に出た方がいいようですな――
警視　ヴェリー！（ヴェリーはぶつくさ言う）きみたち三人は自分の部屋に戻りたまえ。逃げ出そうとするなよ――何の得にもならないからな。（三人の「客」のアドリブ）いいぞ、ヴェリー。
ヴェリー　（三人と一緒に遠ざかりながら）来い、来るんだ……（離れた位置で四人がアドリブをし

てからドアが閉まる）

ミス・ホームズ　わたしたち、ふりだしに戻ってしまったわね。わたしたちは泥棒が色盲だとわかった。でも、三人の容疑者の中には色盲の人はいなかったのよ、警視さん。

警視　（いかめしく）それが、わしの知りたかったことをすべて教えてくれた。

エラリー　お父さん！　あなたが言いたいのは——

警視　わしが言いたいのは、「誰がバート博士のルビーを盗んだのかわかった」ということだ！　おまえはどうだ、せがれ？　おまえもわかったのではないのか？

エラリー　ええと、いいえ、お父さん。ぼくはわかりません。（警視「何と！」）

ミス・ホームズ　クイーンさん、あなたは本当に、答えがわからないと言っているの？

エラリー　（しょげて）きみを幻滅させて申し訳ない、ホームズさん。でも、バート博士のルビーを盗んだ犯人が誰なのか、何も思いつかない。どうやら今日は、ぼくの幸運の日ではないようだ。

警視　（くつくつ笑いながら）ということは、せがれよ、まさしくわしの日ということだな——言わば、記念日というわけか！　わしはわかったので、この事件を今ここで、解決してみせよう！

（音楽が高まり……〝第一の〟挑戦コーナーに）

聴取者への第一の挑戦

エラリー・クイーン曰《いわ》く。「ぼくは途方に暮れていますが、父のクイーン警視は違います。父は、バート博士のルビーを盗んだ人物を知っていると言いました。あなたはどうですか？　わかったとしたら、どうやってその解決にたどり着きましたか？　では、これから、父がどのように解決したのかをお目にかけましょう」。

第一の解決篇

第四場　同じ場所、すぐ後

（音楽が高まり……そこに警視のくつくつ笑う声が割り込む……）

ヴェリー　（不機嫌そうに）えらく上機嫌ですな、警視？

警視　最高だよ、ヴェリー、最高だ。エラリーが答えがわからないのだからな。だろう？　生きていて、こんな幸せな日がめぐってくるとは、思ってもみなかったよ！

ヴェリー　あたしはまだ、信じられませんな。

バート博士　（不思議そうに）何か、いつもと違うことがあったのですか、警視？

警視　いつもと違う？　前代未聞のことなのだよ、バート博士！　せがれよ、わしがちょっとばかりあてこすったからといって、気にはせんだろうな？
エラリー　これっぽっちも気にしませんよ、お父さん。どうやって真相にたどり着いたのですか？
警視　（くつくつ笑いながら）ではエラリー、おまえがいつもやっている方法でやるとするか。泥棒について、わしらは何を知っている？
エラリー　色盲だということです。
警視　正解だ。では、わしらは何人の容疑者を抱えておるかな？——ルビーが盗まれたとき、この家にいたのは何人だ？
エラリー　四人です、お父さん。バート博士と三人の客。
警視　壁の口紅のように明白ではないか！　四人の容疑者がいて——その中の一人が犯人で——そして犯人は色盲だ。では、三人の客を見てみよう——三人の誰かが色盲なのかな？
エラリー　いいえ、お父さん。彼らはそろって、色覚は正常です。
警視　ならば、一人が残る——。一人だけが——色盲の可能性が残されている。従って、その人物が泥棒でなければならん。
バート博士　誰が泥棒でなければならないのですか、クイーン警視？
警視　（いかめしく）ただ一人残った人物、すなわちバート博士——あなただ！
バート博士　（弱々しく）私？

ヴェリー　そして、あんたが銃を出してあたしをぶん殴ろうとしたら、バート、あんたを動けなくするぞ！（バート「だが――」）

ミス・ホームズ　でも警視、なぜバート博士は、自分のルビーを盗まなければならないの？

警視　バートは自分の口からきみに言わなかったかね？　ルビーは五万ドルの保険に入っている、と。こやつはこのごまかしをやって保険金を手に入れ、ルビーはまだ自分の手元に残っているというわけだ！　見事だな、バート、おまえは巧みに、自分が損害を受けたように見せかけたわけだ。だが、おまえの狡猾なちょっとしたゲームは、ここで終わったのだ。

バート博士　でも警視、私は自分のルビーを盗んだりはしていない！

警視　判事に言いたまえ。

ヴェリー　そのたわごとを。

バート博士　（悲しげに）エラリー、何とかしてくれ、お願いだ！

エラリー　大丈夫ですよ、博士。お父さん、邪魔をしてすみません。でも、犯人は色盲でなければならないという点で、ぼくたちは一致していますね？（警視「もちろんだ！」）ということは、バート博士が泥棒ならば、彼は色盲でなければなりませんね。これは正しいですか？

警視　うむ、間違いない。

エラリー　それなのに、あなたはわからないのですか、お父さん？――色盲ということがあり得ない、世界でたった一人の人物は、色盲の研究をしている博士だということを。

ミス・ホームズ　警視さん、それが正しいわ。どうすれば博士が他人のテストをできるというの？

エラリー　博士が一つの原色と別の原色を識別できないとしたら、輝度や色調が徐々に変化するあらゆる色を、どうすれば扱うことができるというのですか？

バート博士　（憤然として）もちろん、私は色盲ではない！

警視　（力なく）だがエラリー――彼は、泥棒の可能性がある、たった一人の人物だぞ。（ヴェリー「ワッハッハ」）（鋭く）バート博士！　わしのネクタイは何色かね？　すぐ答えてくれ！

バート博士　赤。

ヴェリー　一本とられたようですな、警視。

警視　（いらいらして）ちょっと待て、ヴェリー！　バート博士、エラリーの指輪にはまっている石は何色かな？　急いで答えてくれ！

バート博士　翡翠色《ジェイド・グリーン》。

警視　（ため息をつきながら）わしが間違っていたよ。（吠える）ヴェリー、そこに座って何をしておる？　頼んだ報告書はどこだ？

ヴェリー　こ、こ、このお方はお怒りですな！　何の報告書ですか、警視？

警視　あの三人の報告書だ、このウスノロ！

ヴェリー　あのう、あたしに八つ当たりすることはないと思うのですがね。そうでしょう？（もごもご）あたしに八つ当たりとはね。

警視　報、報、報告書を読め！

ヴェリー　（不機嫌そうに）かしこまりました、警視。一人目のアンブローズ・ウィリアムズは、警察の記録にありません。だから、言うまでもないですが、この男についてわかっていることはありません。（もごもごと）あたしに八つ当たりとはね。

警視　もごもご言うな！　グレイソン嬢は？

ヴェリー　モーリン・グレイソン。カリフォルニア州ハリウッドから来ました。以前は映画業界にいました。普段は貴婦人のメイドをつとめ、そのご婦人のダイヤモンドを持って姿をくらまします。モーリン・グレイソンは半ダースもの宝石泥棒の罪で、太平洋岸で指名手配されています、警視。

警視　わかった。さて、ようやく見えてきたな。

ミス・ホームズ　それで彼女は、自分がウィリアムズさんの恋人だなんて嘘をついたのね！

エラリー　ファウラーについてはどうだった、部長？　彼の記録もあったか？

ヴェリー　一マイルほどの長さがありましたな。どれだけあるか数え切れないほどの宝石泥棒の罪で、シカゴの警察から追われていました。シカゴからの電信では、身柄を確保しておくようにと。――あたしらの手から奴をかっさらうために、ループ（シカゴの中心商業地区）の刑事が飛行機でニューヨークに向かっているそうです。

警視　宝石泥棒が二人か！　そいつは役に立ちそうだ。

エラリー　ちょっと――待って――ください。（控えめにくすくす笑う）そいつはまぎれもなく役に立ちましたよ。もちろん、そうだ！

警視　（咳き込んで）エラリー！　おまえが言いたいのは――

エラリー　そうです、お父さん……たった今、ぼくは、誰がバート博士のルビーを盗んだのかわかりました！

（音楽が高まり……〝第二の〟挑戦コーナーに）

聴取者への第二の挑戦

あなたの先ほどの解決は何でしたか？　その推理は変わりませんか？　それとも、別の解決を思いつきましたか？

ではこれから、ぼく自身の解決をお目にかけましょう。

第二の解決篇

第五場　同じ場所、すぐ後

（音楽が高まり……そこにアドリブでエラリーを質問攻めにする声が割り込む……）

エラリー　わかりませんか？　ぼくたちは、泥棒は色盲だと論理的に推理しましたね。しかし、犯人の可能性がある四人の中に、色盲は一人もいませんでした。ならば、結論はどうなりますか？　ぼくたちの推理が間違っていたのです。泥棒は色盲では〝なかった〟のです！

警視　だがせがれ、泥棒は赤い箱と赤い石の代わりに、緑の箱と緑の石を残していったではないか。これは、犯人が色盲である証拠にならないのか？

エラリー　なりませんよ、お父さん。なぜならば、ぼくたちはたった今、ヴェリーの報告書から知ったからです——バート博士に招かれた客のうちの二人はプロの泥棒だということを。二人は、バート博士の色盲実験の募集広告に応じて、この家に入り込みました。だとしたら彼らは、この家には本物の色盲がいると考えていたはずです。そこで、賢い犯罪者はどうするでしょうか？　正常な色覚の人を指し示す、赤い箱と赤い石を残すでしょうか？　いいえ！　犯罪者は、緑の箱と緑の石を意図的に残すに違いありません——

ミス・ホームズ　わたしたちに色盲の泥棒を追わせるために！

警視　そして、自分は容疑を逃れる！

エラリー　正解です、お父さん。

ヴェリー　でも大先生《マエストロ》、郵便ポストはどうして間違えたのですかね？　色盲の人だけが、赤い火災報知器を緑の郵便ポストだと思い込んでしまうというのに。

エラリー　部長、誰かが火災報知器を郵便ポストと間違えたことを、ぼくたちはどうやって知ったのかな？

ヴェリー　あたしは知りませんよ。誰もあたしに教えてくれませんから。

警視　バート博士がわしらに話したのだ、ヴェリー。

エラリー　そして、ぼくたちはバート博士を信じました。ですが、今や、テストを実施したことによって、この家には色盲は一人もいないことを、ぼくたちは知っています！　ならば、この家には、火災報知器と郵便ポストを混同する可能性がある者は、一人も居ないことになるわけです。ここに至って、ぼくたちはバート博士の話を再検討しなければならなくなりました。彼はこう言いましたね――昨夜、三人の客の一人が郵便を投函するために家を出た、と。彼はこう言いましたね――家の外は暗すぎたので、それが客の誰なのか見分けることができなかった、と――

ミス・ホームズ　人影の輪郭だけしか見えなかった。博士はそう言っていたわ。

エラリー　そうだ。でもバート博士は、人影が見えたのだったら、それが招待客の誰なのか、見分けることができたはずです！

警視　だが、せがれよ、もし通りがそんなに暗かったとすれば――

エラリー　バートは顔を見る必要はありませんでした、お父さん。人影の輪郭が、はっきり教えてくれたはずです！

ヴェリー　どうしてですか、大先生？

エラリー　いいかい部長、きみはウィリアムズの外見をどう説明したかな？「背が高くてやせた男」だったね。きみはファウラーの外見をどう説明したかな？「小柄で太っている」だったね。外見の輪郭だけで、バート博士は人影がウィリアムズかファウラーかわかるはずではありませんか！

ミス・ホームズ　でもクイーンさん、もしその人影がグレイソンさんだったら？

エラリー　もっと簡単さ。第一に、彼女は女性だということ――スカートの輪郭が、博士に人影がグレイソン嬢だと教えただろう。第二に、ヴェリーが彼女の外見について、「右足を引きずっている」と説明したこと。

ミス・ホームズ　だったら、バート博士は嘘をついたのね！　昨夜は、誰も家を出たりはしなかった――この人が何もかもでっち上げたのよ！

エラリー　では、なぜ博士はそんなでっち上げをしたのでしょうか？　泥棒は色盲だというぼくたちの考えに、偽りの裏付けを与えるためです。この証言によって、彼は容疑を自分自身から三人の招待客に転嫁しました。思い出してください。あの時点でのバートは、募集広告に応じた三人が色盲だと信じるあらゆる理由を持っていたのです――まだ彼らのテストは実施していませんでしたからね。三人がそろって色盲ではないなんて、どうして知ることができたのでしょうか？

警視　（くつくつ笑いながら）ということは、わしはずっと正しかったわけだな。――バート博士が、保険金目当てで自分のルビーを盗んだのだ！

エラリー　（くすくす笑いながら）そうです、お父さん、あなたは正しかったのです――間違った推理によって。

ヴェリー　それで、この馬鹿騒ぎ《ファンダンゴ》で勝ったのは誰なのですかね？

警視　わしには誰が勝ったのかはわからんよ、ヴェリー。――だが、誰が負けたのかはわかっておる。詐欺未遂の罪でバート博士を逮捕だ！　こやつは自分のクリスマスを牢屋で過ごすだろうな。

エラリー　それで思い出しましたよ。メリー・クリスマス！

一同　メリー・クリスマス！

（笑い声が高まり……それから……音楽が高まる）

みなさんには今夜、サイドショーを舞台とする事件をお話ししましょう。芸人たちの価値のない持ち物が次々と盗まれるのです。そして……。ぼくはこの物語をこう呼びました——

十三番目の手がかりの冒険
The Adventure of the Thirteenth Clue

登場人物

探偵の　エラリー・クイーン
その秘書の　ニッキイ・ポーター
エラリーの父親で市警本部の　クイーン警視
警視の新たな部下の　ビル・バイロン
検死官補の　プラウティ博士

《サイドショーの関係者》

興行主の　マニュエル・ダ・シルヴァ
広報宣伝係の　パッキー・グローガン
占い師の　ジャム王子
トランプ手品師の　トム・ワード
蛇遣《へびつか》いの　マダム・リベロ
ネズミとノミの芸人の　ジョージ・ハーヴェイ
小人《こびと》の　ズズ
芸人たちの世話係の　ヒヤシンス
さらに　警視の部下たち、他

放送　一九三九年八月二十日

場面　ブロードウェイのサイドショー――その裏手の住居ビル――クイーン家のアパート――タクシーの中

第一場　ブロードウェイ周辺の路上

（上演が終わった劇場から人が出てくるときのような、だんだん大きくなる群衆のざわめき。オフ・ブロードウェイの劇場の外のような騒々しい車の音）

ニッキイ　わたしがこれまで観た中で、ダントツでくだらない劇だったわね。

エラリー　（そっけなく）きみがちゃんと観ていたとは思えないけどね、ニッキイ。

ニッキイ　（いぶかしげに）わたしがちゃんと観ていたとは思えない、ですって？（二人は歩きながら話す）

エラリー　きみはずっと気にしていただろう、隣に座っていた魅力的な青年の方を。

ニッキイ　あら……たしかにあの人はハンサムだったわね。そうでしょう、エラリー？

エラリー　もしきみが、ああいう見た目の良い連中がお気に入りなら――（間を置いて）ニッキイ。

ニッキイ　何かしら、クイーンさん？

エラリー　（たたみかけるように）ここ数日、きみを悩ませていることは何だい？

ニッキイ　何かがわたしを悩ませている、ですって？（笑う）もう、そんなものはないわよ！

エラリー　きみの態度は、まるで――まるで……ブロードウェイに出たな。

ニッキイ　（明るく）繁華街を歩きましょう、エラリー。

エラリー　ニッキイ、きみは今の仕事に満足しているのかい？　ぼくが言いたいのは――もしきみが、ぼくの秘書をやめたいと思っているなら――

ニッキイ　おばかさん！　ほら、見てよ、エラリー。わたし、わくわくしてるでしょ？

エラリー　（むすっとして）何にわくわくしているって？

ニッキイ　人だかりよ。あふれる生命《いのち》よ。ざわめきよ。ブロードウェイよ！

エラリー　（むすっとしたまま）最近はコニー・アイランド（ニューヨーク港口の行楽地）さながらだな。でも、今のブロードウェイは、かつてのハマースタイン（アメリカの有名なオペラ興行主）やバリモア一家やフローレンツ・ジークフェルド（アメリカの有名な演劇プロデューサー）の全盛期とは様変わりして――

ニッキイ　そうね。でも、「普通の人たちにとっては、今の方がずっと楽しい」という側に賭けてもいいわ！

エラリー　射撃場、ゲームセンター、祈禱師、ココナッツ・ドリンクのスタンド、万国博覧会（1939年のニューヨーク万博と思われる）の訪問客のための記念品の売店――。こんなものもあるのか。こっちを見てごらん。

ニッキイ　どっちを？

エラリー　こっちの小屋だよ。ブロードウェイに堂々と建っている。

ニッキイ　（読み上げる）「ダ・シルヴァの驚異のサイドショー（イベントの添え物のショー）」……エラリー、入りましょう！

エラリー　でもニッキイ、ぼくは低俗な例として指差しただけなのだよ！

ニッキイ　時代遅れの人ね！　ここには楽しいことが山ほどあるに違いないわ。

エラリー　やれやれ！　わかったよ、ニッキイ。（間を置いて）二人分を頼む。（硬貨の音）

第二場　サイドショーの小屋、すぐ後

ニッキイ　あんなに大勢の人が入っていくわ。みんながみんな、あなたみたいに冷めた人ではないのよ、エラリー・クイーン！

エラリー　そうだな。さもなくば、バーナム（サーカスの創始者）は飢え死にしただろうからね。こっちだよ、カモくん。（車の騒音が遮断され――屋内のおしゃべりに変わる。背後には録音した騒々しい音楽が流れている）コニー・アイランドが見えるかい？

ニッキイ　ええ、おじいちゃん。あら、あっちに行きましょうよ――あのインド人のところに。――説明板には何て書いてあるのかしら？　――「ジャム王子」ですって！

ジャム王子　（重く響く声が割り込む）……東洋の力を借りて……ヨガの驚異の力を借りて……われは過去を視《み》て、未来を視る。遙か彼方のインドから、われは来たり。人の心が持つ神秘の力を披露するために……

エラリー　オカルト的なたわごとだな！　行こう、ニッキイ。

ニッキイ　いやみな人ね！　わたしはジャム王子の話を聞きたいわ！

エラリー　（笑って）「ブルックリンのジャム王子」か。

ニッキイ　あなたって、骨の髄まで疑り深いのね！　あの肌の色は何だというの？

エラリー　クルミ色の着色料さ。しかも、かなり下手くそな塗り方だよ、ニッキイ。

ニッキイ　もう、あなたったら――！　ねえ、こっちでも何かやっているわ！（読み上げる）「リス女（「こびと」のこと）ズズ」ですって。あの人、たしかにひからびた小さなリスに似ているわね。そう思わない？　向こうにいるのは誰かしら？　「世界一のトランプ手品師トム・ワード」……。あの人を見に行きましょう、エラリー！

エラリー　（くすくす笑って）きみはまったく成長していないね、ニッキイ。

ワード　（カードをすばやくパラパラめくる音が――近づく）……カードを一枚抜きました、カードを一枚抜きました。普通のトランプ・カードで、スペードの２です――みなさんのすぐ目の前に掲げて……見てください、見てください、目を離してはいけませんよ……。これに息を吹きかけると――一……二……三……はい、消えました！（見物客が息を呑む）さて、観客のみなさんの中に、もし親切な若い淑女がいましたら、ここに上がっていただけませんか――。あなた、そこのお嬢さんはどうですか？――恥ずかしがらないで、さあ――カードを一枚、取ってください。どのカードでも……（ざわめきが大きくなる）

エラリー　世界一のトランプ手品師トム・ワード氏は、間もなく小冊子の販売を開始するだろうね、ポーターさん――。あなたの友人をびっくりさせるトランプ手品の驚くべき妙技を記した本を……十セント、つまり一ドルの十分の一のはした金で……。（大声で呼びかける）やあ、そこにいるのはパッキーじゃないか！

ニッキイ　誰に向かって叫んでいるの？

エラリー　向こうにいる、あの陰気な顔をしたアイルランド人さ。パッキー・グローガンだ。元気か、パッキー？

グローガン　（声が近づいてくる）やあ、クイーン君じゃないか！

エラリー　パッキー、ぼくの秘書、ミス・ポーターだ。（アドリブで挨拶を交わす）こんなサイドショーで、何をやっているんだい、パッキー？

グローガン　（くすくす笑って）あたしはここの広報宣伝係ということになっているのさ。マニュエル・ダ・シルヴァのために働いている。この大げさでうさんくさい空間の持ち主の浅黒いポルトガル人だ。

ニッキイ　でも、広報宣伝係なのに、ここをそんな風に言っていいのかしら、グローガンさん。

グローガン　あたしはまだこの職に就いて一週間なのでね。親父さんは元気か、クイーン君？

エラリー　父さんは元気だよ、パッキー。……事件の捜査中なのか？

グローガン　あんたら父子が出会ったこともない、ねじくれた事件の捜査中さ。広報宣伝係の肩書きは、それを隠すためなんだ。ダ・シルヴァは先週、たちの悪いイタズラを調査するために、あたしを雇ったのさ。かくしてあたしは、このいかれた国に来たわけだ。

ニッキイ　（はっとして）この人も探偵なのね。

グローガン　さてと、仕事に戻らないとな。何の仕事やら！（声が遠ざかる）死刑囚監房で会おう、クイーン君……。
エラリー　（昔を思い出しているかのように）事件か……。どうだろう、ニッキイ。昔のよしみで、パッキーに手を貸した方がいいと思うのだが――
ニッキイ　あら、駄目よ、やめてちょうだい、エラリー・クイーン！　今夜だけは！……ほら、い、見て！
エラリー　（あきらめて）今度は何だい、ニッキイ？
ニッキイ　あの蛇遣いよ！　マダム・リベロと――彼女の――凶暴な――蛇たち……。エラリー、行きましょう！（東洋風の踊りの曲が高まり――次の場面に）

第三場　クイーン家のアパート

（音楽が高まり……そこにタイプライターのカタカタという音が割り込む）
エラリー　（口述している）「マックは不意に彼女をぐいとつかむ。ジュディスは笑った」（間を置いて）「ジュディスは笑った……」（タイプライターの音がやむ）
ニッキイ　わかったわ、そしてジュディスが笑ったのね。それからどうしたの？
エラリー　（もごもごと）アイデアとしては、オームスビーがこの場面をこっそり見ている。そして、マックのジュディスへのキスは、オームスビーがこう思い込むように――

ニッキイ　もちろんそう来るでしょうね。あなたの主人公は、女性にキスをしたいからキスをするなんて、決してやらない人だから。わたしが知りたいエラリー・クイーンの謎は、まさにそのあたりにあるのよ。（離れた位置でドアベルが鳴る）誰かしら？　わたしが出るわ、エラリー。

エラリー　（まだもごもごと）ジュディスは笑った……いや、これではつまらない。（離れた位置でドアが開く）ニッキイ！　誰だった？

ニッキイ　（離れた位置から）どうぞお入りください。（ドアが閉まり――声が近づく）グローガンさんとダ・シルヴァさんよ。

エラリー　パッキー！　今朝は、きみが現れそうな予感がしていたよ！

グローガン　（陰気に）マニュエル・ダ・シルヴァと握手をしてくれ。ブロードウェイで大道芸人の楽園をやっているお方だ。

ダ・シルヴァ　（情熱的に――レオ・キャリロ風の発音で（キャリロはメキシコ人の役を得意とした俳優））クイーンさん、あなたに会えて嬉しいでーす。

エラリー　ダ・シルヴァさん、ミス・ポーターです。さあさあ、座ってください、お二人さん。きみの事件のことだろう。違うかい、パッキー？

ニッキイ　こうなると思っていたわ。絶対にこうなると思っていたわ。

グローガン　クイーン君のもとに駆け込むたびに、必ず、あたしは何かを失うのさ。一番最近は、あたしは名声を失った。今回は、おそらく職を失うだろうな。

エラリー　（くすくす笑って）おいおい、パッキー。シアーズ老は十五年間、きみを手放さなかったじゃないか。きみの実績のおかげで。

ダ・シルヴァ　いいですかー、クイーンさん。ワタシはグローガンに対しては含むものはありません。グローガンはベストを尽くしてくれーて――

グローガン　（意気込んで）だったら、もう一回、チャンスをくれないか、どうだ？　あたしはまだ、この事件に一週間しか取り組んでいないんだぜ、ダ・シルヴァ！

ダ・シルヴァ　わかってまーす。でも、この事件はワタシを怖じ気づかせてしまったのでーす。ワタシは、誰がやったのかを探り出さなければなりませーん。ワタシの雇った芸人が、みんなおびえてしまったからでーす。彼らがワタシのもとを去っていくかもしれませーん。ワタシは今、お金を得る絶好の機会をあの場所で得たのでーす。万国博覧会が――

グローガン　ああ、ああ、あんたは金持ちになれるさ。というわけだ、クイーン君。ダ・シルヴァは昨晩、あたしがきみと話しているのを見て、ここに連れて行くようにあたしに命じたわけさ……。こいつはフェアな競争じゃない！　あたしはきみに対してピケを張るべきだな、クイーン君！

エラリー　（笑いながら）何が起こっているのか、ぼくに話してくれないか、パッキー。

グローガン　いいとも。いかれているのさ、何もかもが。取るに足らない盗難が続いているんだ。

ダ・シルヴァ　クイーンさん、こんな奇妙な窃盗は、あなただって、これまで一度も聞いたことはないはずでーす！

エラリー　奇妙な盗難なのですか、ダ・シルヴァさん？

ダ・シルヴァ　ええ！　何者かが十二の品物をかっさらいまして――間違いなく十二でーす！　それぞれ別の人から盗まれました。そして、その中に価値がある物は、一つもないのでーす！

エラリー　ふうむ。パッキー、その盗まれた十二の品物は何だい？

グローガン　あたしのノートに全部リストアップしてある。この頭のネジが外れた偏執狂は、一つ目は、どこにでもある普通のロウソクを盗んだ――

ダ・シルヴァ　想像できますか、クイーンさーん！　ロウソクですよ。占い師のジャム王子の持ち物で――それを小道具として使っています――

エラリー　ジャム王子の――ロウソクが一本。書き留めてくれ、ニッキイ。

ニッキイ　とっくに書き留めたわ、クイーンさん。

グローガン　お次は――何と！――お次は白ネズミだ。ハーヴェイじいさん、ジョージ・ハーヴェイのものだ。彼はダ・シルヴァのいかがわしいお祭り会場の一画でネズミとノミの芸をやっている――

ダ・シルヴァ　それから、このイカれたやつは、ワタシのオウムを盗ったのでーす、クイーンさん！　ワタシがマデイラ（アフリカ北西海岸沖の島）から来たとき、こいつも一緒に連れてきたのでーす。ワタシのオウム！

グローガン　次はトム・ワード、手先の早業が得意なトランプ手品師だ。こいつは四つの品物を失った。使用済みのトランプ一組、サイコロが二つ、真っ白なノート、それに四十九セントのシャープペンシルだ。ここまではお気に召したかね、クイーン君？

エラリー　お気に召したかって？　もう夢中だよ！　続けてくれ、パッキー。

グローガン　次は何かな。ああ、そう、ヒヤシンスだ。

ダ・シルヴァ　ヒヤシンスは黒人の女性でーす。彼女はサイドショーの小屋の裏手にあるワタシたちの部屋の掃除をしてくれているのでーす、クイーンさん。ヒヤシンスは掃除をして、料理も作ってくれていまーす。グローガン、彼女が何を盗られたか、教えてあげなさーい。

グローガン　あの黒人の女は、自分の部屋からいろいろな物を持ち出されて困っているそうだ。豆の入った袋、塩の箱、ほうき、それにアイロンだ。馬鹿げているとしか言いようがないだろう、クイーン君。

エラリー　もしぼくが数え間違いをしていないのならば、盗まれたのはここまでで十一ですね。あなたは十二だと言いましたね、ダ・シルヴァさん？

ダ・シルヴァ　その通り。もう一つ、ありまーす！　もし、あなたがそれが何かを当てることができたならば、あなたには、ワタシのサイドショーで、読心術師をやってもらいましょう！

グローガン　やあ、そうしたら、あたしはあんたのサクラを無料でやってやるよ。ダ・シルヴァの雇っている蛇遣いのマダム・リベロが――もうわかっただろう――何者かが彼女から、一匹奪ったんだ――蛇を！

エラリー　（間髪容れず）毒のあるやつかな？

ダ・シルヴァ　いーや、彼女はそう見せかけていますが、老いぼれた蛇でーす。牙は抜けていまーす。

エラリー　十二の品物をくり返してくれ、ニッキイ。

ニッキイ　ロウソク、白ネズミ、オウム、一組のトランプ、サイコロが二つ、未使用のノート、シャープペンシル、豆、塩、ほうき、アイロン――それに蛇が一匹、牙はなし。〈笑う〉本当にいかれているわね、エラリー。

グローガン　あたしが言った通りだろう。わけがわからん！

エラリー　〈考え込むように〉一つ、パターンを見つけたように思えるが……

ダ・シルヴァ　〈意気込んで〉手がかりをつかんだのでーすね？　この馬鹿げた盗難を終わらせてくれたら、クイーンさん、あなたには充分なお礼を――

グローガン　あたしには信じられない。こいつに意味を見いだせるやつなんて、一人もいるはずがない！　そんなの不可能だ！

エラリー　〈くすくす笑って〉ナポレオンを思い出してくれ、パッキー。……ええと、そうだ。ここまで名前が出て来たのは、ジャム王子、ノミとネズミ遣いのハーヴェイ、トランプ手品師のワード、ヒヤシンス、それに蛇遣いのマダム・リベロか。誰か抜けていないかな？

ニッキイ　抜けているわ、エラリー！　昨夜、わたしたちが見た、リスみたいな小人《こびと》――ズズとかいう名前の女の人よ。

エラリー　ああ、そうだ。卵みたいな頭で、てっぺんだけ針金のような髪をひと房伸ばしている小人だったな。

ダ・シルヴァ　〈自慢げに〉ズズは本物の小人なのでーす。〈バーネット&ボールルズ・サーカス〉

に三十年もいました。

グローガン　あたしの調査では、ズズは何も盗られていないな。

エラリー　彼女だけ盗られていない？　ふむ……ズズの部屋は調べたのか、パッキー？

グローガン　（むすっとして）きみが調べてみたらどうだ、クイーン君。

ダ・シルヴァ　ズズは朝から晩までおびえているのですよ、クイーンさーん。寝室の一つしかない窓には鉄棒をはめ込んでいまーす。ドアには特別製の錠をつけていまーす。ドアは自動的に錠が下りるタイプでーす。誰一人として、彼女の部屋に入ることはできませーん。ズズは、いつもドアの鍵を持ち歩いていまーす。鍵の鎖をやせた小さな首にかけて——寝るときも身につけていると本人が言ってまーした。

グローガン　ダ・シルヴァとあたしは、二人がかりで、この一週間ずっと、その鍵を彼女から取り上げて複製を作ろうとしたんだ。だが、臆病な彼女は、渡してはくれなかった。

ダ・シルヴァ　どうしても、うまくいきませーんでした。彼女が部屋から出る時間帯は、ショーに出演しているときしかありませーん。それが終わると、自分の部屋に走って戻り、ドアに鍵を掛け、ずっと閉じこもっていまーす。

グローガン　他の連中が言うには、彼女は二年間、あの建物から出ていないそうだ！

ニッキイ　なぜ普通に彼女の部屋のドアをノックして、中に入れてもらわなかったの？

グローガン　ノックしても、腕が疲れるだけさ。彼女は誰も部屋に入れようとしないのでね。

エラリー　その愚かな小人は、何を恐れているのですか？

ダ・シルヴァ　ズズは昔、かなりの金を稼いだそうでーす。その現金の札束を、自分の寝室に隠していまーす。彼女は一九三二年（世界恐慌により代用貨幣が発行されたことか？）からずっと、銀行を信じていませーん。

グローガン　銀行だけでなく人間もだ。彼女はショーの仲間ともほとんど口を利かない、って連中が言っていた。すべての人を疑っているのさ。

ニッキイ　かわいそうな小さな女《ひと》！

エラリー　二人に訊きたいのだが、他にもズズが恐れているものがあるのでは？

ダ・シルヴァ　彼女は死を恐れていまーす。ひっきりなしに薬の錠剤を飲んで――風邪を恐れて、食べ物を恐れて。彼女はワタシたちをおかしくさせまーす。

エラリー　（意気込んで）死を恐れているのですね？　それで説明がつく！

グローガン　（当惑して）何の説明がつくんだ、クイーン君？

エラリー　ぼくの推理さ！　ズズの持つ〝死に対する恐怖〟が、それを裏付けてくれた。ダ・シルヴァさん、三十秒でいいですから、あなたのリス女と話をさせてください。そうすれば、あなた方の十二のささやかな盗難の謎が解けるはずです！

第四場　サイドショーの芸人たちの住居、少し後

（音楽が高まり……そこにドアを叩く音が割り込む。ドアが開く音）

ジャム王子　（眠そうに）誰だ？　ああ、ヒヤシンスか。（あくびをする）

ヒヤシンス　（おびえて）ジャム王子、精霊が現れますた！　おっそろしい精霊がズズの部屋に現れますた！
ジャム王子　（鋭く）精霊が？　ズズの部屋に？（遠ざかりながら）何があったのか、見てみないとな！
ワード　（近づきながら）ヒヤシンス、何をギャーギャー騒いでいるのだ？　私は寝ようとしていたのだぞ。
ヒヤシンス　ズズの部屋に精霊がいるんです、ワードしゃん！
マダム・リベロ　（近づきながら——芝居がかった声で）精霊がどうとかいうおしゃべりは何かしら？　わたくしのかわいそうな爬虫類たちは——この騒ぎのせいで、みんな落ち着かなくなってしまったわ——。
ワード　ああ、下りてきたのか、リビー。今は、馬鹿みたいに腰をくねらせていないな。
ヒヤシンス　ズズの部屋からおっそろしいむせび泣きと金切り声が聞こえてくるんですう、マダム・リベロ。
マダム・リベロ　（普通の口調に変わって）ヒヤシンス、落ち着いて！　どうしてあなたは、おちびさんの部屋のドアをノックしてみなかったの？
ヒヤシンス　中で精霊が騒いでいるというのに？　いいえ、マダム——あたしにはできましぇん！
ワード　ノックしても、ズズは誰も部屋に入れないだろうよ、リビー——きみも知っているだろ

う！（三人の足音。苦悶する女性のヒューヒューという弱々しい悲鳴が近づく。その声は途切れ途切れに）

マダム・リベロ　（あえぎながら）ズズの声だわ、間違いない。かなり具合が悪いみたい！

ヒヤシンス　（同じくあえぎながら）あれは精霊ですう！　みなしゃんにそう言ったでしょう？

ワード　（同じくあえぎながら）おい、おまえ、王子——肩書きなんて何でもいい！（ドアをノックする音が大きくなる）ズズに何があったんだ？

ジャム王子　（ノックの音にかぶせるように）ズズ！　ズズ！　ドアを開けてくれ！（全員がアドリブで対応）

グローガン　（近づきながら）おい、何をやっているんだ？

ダ・シルヴァ　（近づきながら）ジャム！　ワード！　マダム・リベロ！　まさか、そろって気が触れてしまったのでーすか？

ジャム王子　ズズだ！　彼女の声が聞こえるだろう？

ヒヤシンス　精霊の声よ、ダ・シルヴァしゃん！

エラリー　（近づきながら）小人に何か起こったのか？　パッキー、ここは彼女の部屋なんだろう？

グローガン　そうだ。おちびさん、開けてくれ！（ドアを叩く音に悲鳴が重なり、悲鳴はだんだん小さくなる）ズズ！　ズズ！（ノブをガチャガチャさせる音）

ニッキイ　あの人、ひどく苦しんでいるみたいよ。辛そうな声だわ——。

エラリー　（鋭く）このドアを開ける方法は何かないのか？

ダ・シルヴァ　（うなりながら）だって、彼女は誰も中に入れようとしない、って言ったではないですか。

エラリー　（鋭く）ドアの前を空けてくれ、パッキー。ぼくは空き巣が使う、自動ロックを解除する道具を持っている。この型の錠前なら開けられるはずだ……（道具がカチャカチャ音を立てる）ちくしょう、この錠前には役に立たない！（カチャカチャという音が止まる）

ダ・シルヴァ　ワタシはあなたに、彼女は特注の錠前を付けてるって言ったではないですか、クイーンさーん。

エラリー　（呼びかける）ズズ！（間を置いて）何とかして部屋に入らないと。このままでは彼女が――（悲鳴が不意に止まる。長めの間）

ニッキイ　（ささやく）エラリー、彼女……叫ぶのを……やめたわ。

エラリー　パッキー！　ダ・シルヴァ！　他の連中も！　このドアをぶち破るぞ――今から、みんなで！（ドアが破られるまで、アドリブで大声を出す……「その調子だ！」「効いているぞ！」「よし、もう一度！」などなど。ついに錠前が壊れ、ドアがバンと音を立てて内側に開く。間を置く）

マダム・リベロ　（悲鳴を上げる）ズズが――床に――倒れて――

ニッキイ　小さなぬいぐるみの人形みたいに体をよじって……ああ。

エラリー　（どなる）そのまま廊下にいてくれ――きみたち全員だ！　ぼくが一人で中に入る！（声が遠ざかり――足音も遠ざかる）

ワード　言わせてもらうと、ズズはひどい発作を起こしたのだな。
ジャム王子　あれが発作でなんかあるものか、この間抜け!
ダ・シルヴァ　（声を上げて泣く）ズズ――ワタシの一番すばらしーい呼び物が――
ヒヤシンス　精霊の仕業さね――おお、かわいしょうなこった!
グローガン　（うるさそうに）黙れ!　おしゃべりをやめろ!（騒ぎがおさまる）
ニッキイ　エラリー、あの人は……あの人は……あの人はぴくりとも動かないわ。
エラリー　（近づきながら――静かに）彼女は死んでいるよ、ニッキイ。（ため息をつく）ほんの数秒前だ。ズズはここで死んだのだ。ぼくたちが彼女の悲鳴が途切れるのを聞いた、まさにその瞬間に……。死んだ――一人きりで。
マダム・リベロ　「一人きりで」?　でも、悲鳴の上げ方から――あの人が誰かに襲われたことは間違いないと思っていたのに――。
ワード　部屋は空っぽだよ、リビー。彼女は発作を起こしたのさ、私の推測通りだ。
ダ・シルヴァ　彼女はかなりの歳でしたからね、ワード――老齢のせいで死んだのでーす。
エラリー　哀れな小人のズズは老齢のために死んだのではありませんよ、ダ・シルヴァさん。殺されたのです。（一同、驚愕の声を上げる）
ニッキイ　でもエラリー、部屋には誰もいなかったのに――
ジャム王子　われわれは、きみがベッドの下までのぞいたのも見たぞ!
マダム・リベロ　そうよ、それに、窓の鉄棒を試していたのも見たわ!

グローガン　クイーン君、きみまで頭がおかしくなったのか？

エラリー　窓の鉄棒は細工されてはいませんでした。この部屋に入る手段は、ドアしかありません。そして、ぼくたちは部屋に入るために錠前をへし折らなければなりませんでした。そして、ぼくたちはズズが一人きりでいるところを見つけました。つまり、彼女が死んだとき、他には誰もいなかったのです。にもかかわらず、ぼくは「ズズは殺された」と言わせてもらいます！

ニッキイ　でもエラリー、死因は何なの？

エラリー　彼女の右手首の肉を刺した二つの尖った物体だよ。その物体はどこにも見当たらないけど、刺した痕跡が残っていた。パッキー、きみの銃を出してくれないか？

グローガン　わかった、クイーン君。

エラリー　そして、しばらくの間、ズズの部屋の前で見張っていてくれ。ニッキイ！　きみは連中と向こうに行って、彼らのあらゆる動きに気を配っていてくれ、わかったかい？

ニッキイ　でも――あなたは何をするの、エラリー？

エラリー　市警本部の父さんに通報さ！　ダ・シルヴァさん、一番近くにある電話に案内してください！

第五場　同じ場所、少し後

（音楽が高まり……そこにパトカーのサイレンの音が割り込み……早口で話す声が近づいてくる）

ニッキイ　警視さんが来たわ、エラリー。
エラリー　（呼びかける）こっちです、お父さん！　裏手に回って！
警視　（早口で話しながら近づく）やあ、エラリー！　おまえがバラされたと言っていた小人はどこだ？
グローガン　（離れた位置から）この中です、クイーン警視！
警視　パッキー・グローガンじゃないか！　やあ、パッキー。久しぶりだな。ちょっと待ってくれ。先生、プラウティ先生！
プラウティ　（近づきながら――ぼやいている）行くよ、今行く……。おお、またおまえさんか、探偵君《ホークショー》。
ニッキイ　プラウティ先生、死体が引き合わせてくれた機会以外で、一度でいいから、お会いしたいものね！
プラウティ　おまえさんが探偵《ホークショー》のために働いている限りは、あり得んね。
警視　中に入ってくれ、プラウティ、死体を調べてほしいのだ。（ささやくように）女の小人だ。
プラウティ　（楽しそうに）小人だと？　よし、中に入れろ！（声が遠ざかる）
エラリー　ヴェリー部長はどこです、お父さん？　見当たりませんが。
警視　ああ、あの巨牛なら昨日、浴室ですべって左腕を骨折してな――鎖骨も折ったらしい。しばらくは現場から外れることになるだろう。
ニッキイ　まあ、何てひどい。

エラリー　ひどすぎるな。ヴェリーに花を贈るのを、ぼくが忘れないようにしてくれないか、ニッキイ。

バイロン　（近づきながら）二百三十ポンドの目方がある六フィート五インチの図体の持ち主にはぴったりの贈り物だな。

エラリー　何だって？　やあ、こんにちは。お父さん、あなたの新しい部下ですか？

警視　うむ。ビル・バイロンだ。ヴェリーがしばらく休まねばならんので、その代わりをつとめてもらう。ビル、わしのせがれのエラリーだ。

バイロン　おまえさんに会えるのを楽しみにしていたよ、クイーン。

エラリー　（喜んで）それは……ありがとう、バイロン。

バイロン　（あざ笑うように）ふむ。それで、おまえさんが、あの偉大なエラリー・クイーンというわけだ。おやおや？　また一つ、夢が壊れたな。（ニッキイはくすくす笑いをこらえる）その可愛い子ちゃんは誰だい？　一発でいかれちまったよ、クイーン。

エラリー　（冷たく）他のことはともかく、バイロン、一つだけきみにとって喜ばしいことがあったわけだ。お父さん、入ってください。ぼくが状況を説明します。

警視　わかった。フリント、ヘイグストローム――おまえたちみんなだ！　ここにいる連中から目を離すなよ！（遠ざかる）

バイロン　（脳天気に）麗《うるわ》しの君よ、おれたちがお互いにいがみ合う理由はないよな？

ニッキイ　（面白そうに）あなたとのおしゃべりは、クイーンさんが気に入らないのではないかって、心配だわ、バイロンさん。

バイロン　「クイーンさん」のことは忘れるんだ。気にするんじゃない。おれのことはビルと呼んでくれ。

ニッキイ　（まだ面白そうに）わかったわ――ビル。

バイロン　おれの話し方のせいで誤解しないでくれよ、スイートちゃん。おれはイェール大学を一九三三年に出ているのさ――片手に銃を持ち、もう一方には古典的な教養を手にしている――新しいタイプの刑事でね――

ニッキイ　（まだ面白そうに）あなたはまさにそうね！　しかもあなたは、劣等感に悩まされたことなんてないのでしょう、ビル？

バイロン　おれが悩まされるのは、蜂蜜色の髪の女だけさ。あいつらにはアレルギーがあるんでね。そうだ、おれはあんたを何と呼べばいいのかな？「可愛い子ちゃん」とか「運命の人」みたいな呼び方を使い果たしてしまったら。

ニッキイ　「ニッキイ」と呼んでかまわないわ。ニッキイ・ポーター。エラリー・クイーンの秘書よ。

バイロン　おれはあんたには抵抗できないな。なあニッキイ、明日の夜、数人で集まってゲームをしないか？　わかっているだろう――集まるのは二人だけだって？　あんたとおれだけだって？　いちゃいちゃするって？

ニッキイ　じっくり考えさせてもらうわ。でも、わたしはうんざりするほど仕事が残っているのよって、あなたに警告しておかなくてはね。

エラリー　（近づきながら）バイロン！（口調を変えて）おっと。お邪魔だったようだね。

バイロン　邪魔にはならないさ、クイーン。ところで、おれはたった今、おまえさんの秘書とデートの約束をしたところなんだ。気になるかい？

ニッキイ　市警本部に新しい血が入ったみたいね、クイーンさん——間違いなく！

エラリー　（そっけなく）「気になる」だって？　一体全体、どうしてぼくが気にするのかな？　バイロン、父さんからの指示だ。そこにいる全員をズズの部屋に入れるように、と。

バイロン　ちゃんと約束したからな。忘れるんじゃないぞ、ニッキイ。デートだぞ。（声が遠ざかる）

ニッキイ　（やさしく）何のことかしら、バイロンさん？（やさしく笑う）エラリー、ビルはかなり魅力的な個性の持ち主ね。そう思うでしょう？

エラリー　（冷たく）興味がないね。こっちに加わるかい？

ニッキイ　（やさしく）ええ、クイーンさん。（二人が部屋に入る足音）

警視　（近づきながら）どうだ、プラウティ？　あんたの見立ては？

エラリー　彼女の手首にあった二つの傷痕についてのぼくの考えは正しかったですか、先生？

プラウティ　ああ、間違いない。この女は蛇に噛まれたのだ。ガラガラ蛇だと言わせてもらおうか。おまえさんたちが聞いたのは、彼女の断末魔の叫びだ。

警視　ズズが——「ズズ」とはな！——噛まれたのは何時《いつ》だかわかるか、先生？

プラウティ　そこの連中が彼女の叫び声を聞いた二時間ほど前だと言おうか。（ざわめきが近づいてくる）
ニッキイ　（ぞっとして）ガラガラ蛇に嚙まれるなんて……。かわいそうに、苦痛にさいなまれたに違いないわ、この部屋で——一人きりで——閉ざされたドアの奥で。何て——恐ろしい。
バイロン　（近づきながら）全員、連れてきましたよ、警視。おれがこれまで一度も見たことがない奇妙な連中ですね。
警視　きみたち！　部屋に入ってはいかん——戸口の前に立っていたまえ。そこのきみ——名前は？
ジャム王子　（神経質に）ジャム……王子。
警視　ああ、いいかげんにしてくれ！　わかった、それでいこう。きみの今朝の行動を説明してくれんか？
ジャム王子　われの行動だと？（重々しく）警視、異議を申し立てねばならんな——。
ワード　やめておけ、この厚化粧男。いいですか、警視、私の名はトム・ワード——ダ・シルヴァの小屋でトランプ奇術をやっています。今朝は、この間抜けとマダム・リベロと私は、七番街のカフェテリアで朝食をとり、そこで別れました。私は散歩をしてから、午後のひと仕事に備えて体を休めるためにここに戻って来ました——。
ジャム王子　われも同じだ——ここに——瞑想のために戻って来た。おのれの部屋で——
警視　そこの黒人の女性はどうかな？　ヒヤシンスだったたか？

ヒヤシンス　わたすは今朝は五番街から十番街で買い物さね。あの精霊については、なんも知らんよ、警視しゃん！

エラリー　ダ・シルヴァさん、ジョージ・ハーヴェイという男はどこですか？　ここでネズミとノミのサーカスをやっていませんでしたか？

ダ・シルヴァ　ハーヴェイでーすか？　彼はワタシを見捨てましたよ、クイーンさーん。昨夜のショーが終わった後でーす。あの人は、もっと良い申し出があったと言っていましたが、ワタシはどこか聞いていませーん。ライ（ロングアイランド湾岸の市）だと思いますが。ハーヴェイは自分のネズミと、自分のノミと、そして自分自身を連れて出て行きました。

グローガン　その通りだ、クイーン君。あの男が出て行ったのは、あたしがこの目で見ている。

警視　次に、こちらの蛇遣いはどうかね——きみの名は？　マダム・リベロ？　おいおい、何という名だ！

マダム・リベロ　（ヒステリックに）メーシーズ百貨店に買い物に行っておりましたわ！　わたくしがここに戻って来たのは、悲鳴が聞こえる直前で——

エラリー　本当ですか、マダム・リベロ？　あなたの蛇たちはどうです？——あなたはメーシーズに蛇を連れて買い物に行ったのですか？

マダム・リベロ　（ぎょっとして）わたくしの蛇たちを？　わたくしは——あなたは何をおっしゃっているの？

エラリー　（鋭く）何てこった、ぼくは馬鹿だった！　バイロン、この連中を戸口から離せ！（一

同が立ち去る際のざわめき）

警視　どうしたんだ、エラリー？

エラリー　ズズを嚙んだガラガラ蛇ですよ！　そいつはまだこの部屋にいるかもしれない。ダ・シルヴァ、ニッキイ――ここから離れて！　グローガン、そのドアを見張れ！（追い立てられて出て行く音）

警視　フリント！　ヘイグストローム！　バイロン！　棒――か何かで武装しろ！　もしその蛇がここにいるなら、わしらで見つけなければならん！（みんなが――バイロンだけはその中に加わらないし、アドリブもしない――興奮して叫び声を上げながら部屋中を追い回す……「ベッドの下にはいない」「おい、押すんじゃない！」「蛇探しなんて、辞退したいものだな！」「見逃すなよ、おまえたち！」「あの飾り棚を――無茶するなよ、大丈夫か？」などなど）

エラリー　（緊張して）ここにいた！　戸棚の――服の下に――

警視　せがれが見つけたぞ！（沈黙）おお、何とでかいのだ。（蛇のガラガラという音）気をつけろ、エラリー！　やつは牙を立てるつもりだぞ！

エラリー　やる気か、やってみろ！（棍棒でガラガラ蛇を叩くような音。みんなが叫びながら手助けをする）

警視　（安堵して）ふーう！　さてと、こいつは今や、死んだ蛇になったというわけか。バイロン！　バイロン？　バイロンはどこに行った？

バイロン　（近づきながら）ここにいますぜ、警視。

警視　（冷たく）わしはおまえに言ったな、一緒に蛇を探すようにと。そんな離れた場所に突っ立っているとは、どういうつもりだ？　おい若いの、もしおまえがわしと仕事をするなら、命令に従わねばならんぞ！

ニッキイ　わたしが悪かったのです、警視さん。バイロンさんは――わたしと話をしていました。

エラリー　（不意に）バイロン氏がロマンス派であることに疑いの余地はありませんね。彼がくだらないことをしている間に、ぼくはこの事件を解決しましたよ！

ニッキイ　無理よ――。エラリー、わたしが言いたいのは、あなたにはできるはずがない、ってことよ！

バイロン　（ものうげに）今、思いついたのか。

エラリー　バイロン、ぼくの見たところ、きみはあまりにも忙しくて気づいていないようだね。サイドショーの出演者から盗まれたという報告があった十二の品物すべてが、こ、の、部、屋で見つかったということを。ロウソク、オウム、トランプ、ほうき――そして、それ以外も全部。（離れた位置からアドリブで――「その通りだ！」「あれはワタシのオウムでーす！」などなど）これは、ズズが泥棒であることを証明しています。そう、小人のズズが――彼女がすべての品を盗み、自分の寝室にため込んでいたのです。（アドリブで――「ズズが！」「でも、わからない！」）

警視　（いらいらして）それが何だというのだ、エラリー？　わしは泥棒など探してはおらん――わしは殺人者を探しておるのだ！

エラリー　（もったいぶって）そしてぼくは、あなたが探している殺人者も見つけましたよ、お父さん。バイロン氏の貴重な助力抜きで。(不意打ちのように)ズズ殺しの罪で、ジャム王子を逮捕してください!

第六場　同じ場所、すぐ後

(音楽が高まり、そこにペチャクチャと話す声が割り込む。異議を申し立てるジャムの荒々しい声が、他の人々の言葉にかぶさる……)

警視　おしゃべりはやめんか!(ざわめきはおさまる)だが、どうやって突きとめたのだ、エラリー?

ニッキイ　エラリー——こんなに早いなんて。すばらしいとしか言いようがないわ。

バイロン　おれも、そのすばらしい話を詳しく聞かせてほしいな。

エラリー　ここの人たちから盗まれた十二の品物は、価値のない、ありふれたもので、種類もそれぞれ異なっています。ですが、にもかかわらず、ぼくは、これらが一つの共通の意味を持っていることがわかりました。これらの品物はすべて、占いに使われるのです!

警視　占いだと? エラリー、こんなときに何を言い出すのだ?

エラリー　占いは、迷信深い人々の太古からの悪習です。占いには、あらかじめ定められた儀式を行うことが必要とされます。ある人が、未来を予見する——やがて来る出来事を予測する——ことを可能にするために。

ジャム王子　（離れた位置から）違うぞ！　あんたらに違うと言うぞ！　そいつの話に耳を貸すな！

エラリー　いや、違わないよ、ジャム王子。例えば、きみのロウソクに火を灯《とも》して——溶けたロウを水の中に垂らすのは——未来を予知する方法の一つなのだ。——この占いにつけられた名前は、確か、〈ロウ占い〉でした。ネズミの動きで予見するのは別の方法で——〈ネズミ占い〉。赤く焼いた鉄に乗せたほうきの麦わらをはさんで引っ張るのを観察する——これも別の占いです。他もそう。もちろん、どれもこれもたわごとです。しかしズズは、そのおびえる小さな魂のすべてをもって、占いを信じていました。ズズは、占いのありとあらゆるやり方を試みるため、これらの品物を盗んだのです！

ニッキイ　夢物語みたいに聞こえるわ。どうしてそんなことをしたの、エラリー？

エラリー　もちろん、小人のズズは死を恐れていたからさ、ニッキイ。彼女がいつ、どこで、どのように自分に死の運命がふりかかるのか見つけようと試みていたことは明らかです。……彼女は、〝自身の死をもし予見できれば、それを出し抜くことができる〟という幼稚なアイデアを持っていた——これが、ぼくの導き出した仮説でした。

バイロン　だがクイーン、このまやかしのどこに王子が関わっているんだ？　おまえさんは、そいつが小人を殺したと言っていたが。

エラリー　（鋭く）その通りだよ、バイロン。なぜならば、ズズは、占いをするための難解きわまる儀式に関する知見も知識も持っていなかったからだ。そのため彼女は、指導を受け、指示を受けなければなりませんでした。さて、誰がズズをコーチできるのでしょうか？　このグループでは、一人の人物だけが、いわゆる〈未来予知〉の研究を専門にしています——ジャム王子だけが！

ジャム王子　だが、ぼくはズズを殺してはいない！　ぼくの話を聞いてくれ——

エラリー　（冷たく）きみはズズのコーチを引き受けたのだ、ジャム。なぜならば、きみは彼女の金を手に入れたかったからだ——彼女が誰も出入りできないようにした部屋に隠していることをきみが知っていた金を。きみがどのようにして彼女に隠し場所を明かすことを納得させたのかは、ぼくには、明確にはわからない。だが、推測することはできる。お父さん、よく似た事件を思い出しませんか——一九三一年のブルックリンの事件を。

警視　そう言われて思い出したぞ！　あるインチキ占い師が、偽の未来予知でカモをすっかり信じ込ませた。そして、カモが自分でその占いを試み、何も予知できなかったとき、占い師はこう言ったのだ。「心から信じていないから成功しないのだ」と——

エラリー　そうです。そして、彼女にこう吹き込みました。「あなたのもっとも価値のある秘密を明かすことによって、信じる心を証明することができる」と……。親愛なる王子どの、今回の事件の場合は、ズズが一生かけて貯めた金の秘密の隠し場所だったのだろう！　そうやって、ズズはその秘密さえもきみに明かしてしまったわけだ——死を何としても避けたいという望みをかなえるために。違うかな？

ジャム王子　（張り詰めた声で）ぼくは答えないよ。たわごとを続ければいいさ。ぼくはひと言だって話さない。

エラリー　話す必要はない。きみが最後に試みたのは、蛇を手に入れるように彼女に指示することだった。そしてズズは、マダム・リベロの無害な蛇の一匹を盗んだ。だが、きみはその蛇をズズの部屋から、窓の鉄棒ごしにおびき出した。ぼくが思うに——餌でおびき出したのだろうね。そして、代わりに死をもたらすガラガラ蛇を部屋の中に入れたわけだ。かくして、幼児なみの知能しか持っていないズズは——彼女がそうすると、きみがわかっていたように——そのガラガラ蛇をつまみ上げて、死と対面した。彼女が途方もなく狂った試みをしてまで必死に避けようとしてきた死と！

ニッキイ　報復が待ち構えている未来予知というわけね。この人は間違いなく——人でなしだわ。

警視　だがエラリー、わしらはこの部屋を調べたが、金はなかったぞ。こやつはどうにかして、金を持ち出したに違いないな。

エラリー　いやいや、彼には持ち出すことはできませんでした。金がここにないですって、お父さん？　あるはずです！　あなたは単に、正しい場所を探さなかっただけに過ぎません。

警視　エラリー、こっちに来い。（間を置いてから——小声で）いいか、せがれ、わしはおまえが間違っていると言っているわけではない。だが、わしはあのインチキ王子をどうすれば逮捕できるというのだ？　こっちは、やつに関して何も手に入れておらんのだぞ。

エラリー　わかっていますよ、お父さん。あの男を逮捕するためのささやかな要望については、おわびしなければなりません。ぼくは——今のところ、その件に関しては頭が働きません。でも、あなたは彼を容疑者として逮捕することはできるでしょう？
警視　（きびしい声で）刑事弁護士がやつを釈放するまでの短い間に過ぎん。おまえは、やつが本ボシだと確信しておるのか？
エラリー　疑いの余地はありませんね……。お父さん、ぼくたちを除けば、ズズが死んだあと、この部屋に入った者はいません。もし、金がここにあったならば、今もまだあるはずです。
警視　ふむ、ドアの壊れた鍵をつけ直して、見張りを置き、部屋を密閉して、監視下においておくか。そして、明日、専門家に捜索してもらおう——床や壁や天井に秘密の隠し場所がないかを。バイロン！（間を置いて）あいつはどこに行ったんだ？
ニッキイ　（近づいてくる）あの人なら、少し前にどこかに行ったわ、警視さん。あの人はウナギみたいじゃなくて？
警視　わしは、そのウナギを捕まえなければならんのか！　どこにいるのだ？　バイロン！
バイロン　（近づきながら）まだ救命ボートに乗るのは早いですよ、警視！（勝ち誇るように）さて、クイーン、名優の演技にケチをつけなければならないのは、慚愧《ざんき》に堪えないな。だが、おまえさんは王子殿を自由の身にしなければならないだろうね。
エラリー　バイロン、ぼくはきみが嫌いになってきたよ。どうして自由にするのかな？
バイロン　おまえさんはしくじったのさ、大先生《マエストロ》。おまえさんはしくじったのさ。
警視　わかったわかった、バイロン。さっさと話せ。おまえは何を手に入れたのだ？
バイロン　ごっそりとね。おれは王子の部屋を徹底的に調べたのさ。ここにいる大先生は、明らかに、それが必要だと考えなかったようだがね。それはともかく、王子の部屋には、法の下では彼を釈放しなければならないことを示す証拠があったぜ。

エラリー （鋭く）どんな証拠だ？

バイロン 盗聴器だ。壁の絵の裏に仕掛けてあった。コードはこのビルの屋上まで伸びていた。

（間を置く）

警視 これは決定的だな。

ニッキイ でも警視さん、わたしにはわからないのだけれど！

警視 単純な話だ。何者かがジャム王子の会話を盗聴していた。ジャムはズズを騙すときは、自分の部屋に連れ込んだに違いない。――そして、おそらく、部屋に盗聴器を設置した誰かさんは、ズズが彼に、自分がため込んだ金の隠し場所を話すのを聴いたのだ！

エラリー （もごもごと）それが正しいようですね。ぼくには否定できません。

バイロン そうさ。しかもおれは、屋上で受信機も見つけたぜ！

ニッキイ 何と、偉大なるクイーン氏が本当に赤面しているわ。このことだけでも、ビル、あなたとデートしてもいいわよ！

バイロン （くすくす笑って）おれはこの新しい仕事が好きになってきたよ。こんなことがあるからな。

エラリー （そっけなく）おめでとう、バイロン。完全にぼくの失策だ。あまりにも軽率だった。現時点では王子を逮捕できないという点には同意するよ。盗聴器の受信機で聴いた一座の誰かの仕業に違いない……。お父さん、王子を解放した方がいいですね。

警視　（ぶぜんとして）わしも同じ考えだ。来い、バイロン。（遠ざかりながら）わしらはやることが山積みだ。向こうの連中を……

エラリー　ちょっと待ってくれ、ニッキイ。

ニッキイ　何、エラリー？

エラリー　きみのバイロンとのデートはいつかな？

ニッキイ　あら……明日の夜よ。（楽しそうに）わたしにこう言いたいのじゃないでしょうね――デートを中止したらどうか、って、違う？

エラリー　神にかけて、違う！　きみの私生活に干渉しようなんて、夢にも思っていないさ……

ニッキイ　（ぼそりと）違うのね。わたし、てっきりあなたが……

エラリー　もしきみがそうしたいのならば、彼と出かければいいさ。だが、覚えておいてくれ、ニッキイ、この事件がまだ終わっていないということを。もしきみが次の展開を目撃したいのならば――今夜はぼくから離れないことだ。

ニッキイ　まあ……断る理由があるかしら？　わたしは今夜は特にやることもないし。

エラリー　いいかい、ニッキイ、ぼくは考え抜いて、ある計略を立てた――

ニッキイ　（笑う）ナポレオンのように……。そして次に、彼はウェリントン（ワーテルローの戦いでイギリス・オランダ連合軍を率いてナポレオンを破った）と出会う！

第七場　サイドショー、しばらく後

（音楽が高まり……そこにサイドショーと人混みを示す屋内の背景音が割り込む。録音済みの音楽、客寄せの文句の断片など）

ニッキイ　ダ・シルヴァの小屋が、今夜は人であふれかえるのも不思議はないわ。あの人は、かわいそうなズズの死を利用して、大もうけをするでしょうね。

エラリー　もうすぐショーが終わる時間だ、ニッキイ。急がなければ。こっちだ――

ニッキイ　裏手に行くつもりなの？　あの人たちが住んでいる場所に？

エラリー　その通りだ。さあ、連中にきみが見られないようにして、このドアを通るんだ……待った。（間を置く）

ニッキイ　今は誰もいないわ、エラリー。

エラリー　行こう！（ドアをすばやく開けて閉める――ざわめきが遮断される）何か聞こえないかい、ニッキイ？

ニッキイ　（小声で）いいえ。……ええ、聞こえるわ！

エラリー　（同じく小声で）壁に寄るんだ、ニッキイ！（足音が停まり――しばしの間）

警視　（ささやき声で）おまえか、エラリー？

エラリー　（安堵して）そうです、お父さん。何か調べているのですか？

警視　（小声で）いいや。わしはズズの部屋のドアを一日中、自分で見張っておった。誰一人として、入ろうとすらしなかったな。

エラリー　（小声で）そいつはいい。お父さんは見えないところにいてください。ニッキイ――こっちだ。（二人分の忍び足。それが停まる。ドアに鍵をさす音）

ニッキイ　エラリー！　どうやって、一つしかないズズの寝室の鍵を手に入れたの？　わたし、てっきりその錠前は――

エラリー　父さんが新しい錠を取り付けたのさ。連中にも教えておいたよ。簡単に開けられる錠だってね、ニッキイ。

ニッキイ　でも、わたしには何が何だか――

エラリー　「罠」だと言ってくれないか。連中は午後ずっと、それに夜も監視がついている。――だけど、ショーが終わった直後だけは、連中が監視から外れるように仕組んでおいた。いわば……。ここに入るんだ、ニッキイ！（ドアが閉まり――懐中電灯を点《つ》ける音）

ニッキイ　（ささやき声で）あなたが懐中電灯を持っていてよかったわ。この中はとっても気味が悪いから――

エラリー　元気を出すんだ、ニッキイ。この衣装簞笥に入って！（衣装簞笥の扉が開いて閉じる音）ぼくはこの側面に呼吸用の穴をいくつかあけておいたのさ。リラックスして、ニッキイ。ぼくたちはかなり待つことになるだろうからね。

ニッキイ　でも、何を待つの？　何のための罠なの？　どうして誰かがズズの寝室に入ろうとするの？

エラリー　ズズの殺害者は、この部屋で一人きりになれる機会を決して逃さないからさ、ニッキイ。大金はここになければならないからね。そして、市警本部の専門家が、明日、この場所を捜索することになっているのさ。――当然の結果として、明日は、金は間違いなく見つかるだろうね。だから、ズズの貯金を欲してやまない誰かさんは、そいつを今夜中に盗もうとするはずだ！

第八場　ズズの部屋、しばらく後

（音楽が高まる……そこに時間の経過を示す短い間奏曲が入る）

ニッキイ　（不満の声）体がこわばってきたわ。まるで――まるでズズみたいに。もう何時間もたったに違いないわね、エラリー……。

エラリー　まだ一時間だよ。もちろん、きみの言いたいことはわかっているさ。きみがこの狭いところに閉じ込められる相手は、ビル・バイロンの方がいいと思って――

ニッキイ　少なくとも、あの人は死体について話し続けたりはしないでしょうからね。

エラリー　静かに！（間を置く。離れた位置で、慎重に鍵をこじ開ける音）

ニッキイ　（ささやき声で）誰かが鍵をこじ開けようとしているわ、エラリー！（ドアが開き、音が響かないようにそっと閉められる）

エラリー　（重々しく）罠にかかった。（離れた位置で忍び足の音）懐中電灯も使っているな。
ニッキイ　そうね。わたしも隙間からかすかな光が見えるわ。エラリー、わたし――怖いわ。
エラリー　シーッ！（ベッドをひっくり返す音）ニッキイ、誰かさんは、ちょうど今、ズズがいつも寝ていた旧式の鉄製ベッドをひっくり返したところだ……。ちくしょう！　ぼくは何て馬鹿だったんだ！（衣装簞笥の扉を蹴破る――離れた位置でジャムが悲鳴を上げる）動くな！　こっちは銃を持っているぞ！
ジャム王子　ぼ――ぼくの説明を聞いてくれ……何か音が聞こえたと思ったので――
ニッキイ　ジャ、ジャ、ジャム王子だわ！　エラリー、あなたは――
エラリー　（ぶっきらぼうに）そのまま動くなよ、占い師さん。ほら、ニッキイ、ぼくの拳銃を持っていてくれ。われらがクルミ着色の友人に銃を向けていてくれないか。もし彼がちょっとでも逆らうそぶりを見せたら、撃つんだ。（セリフの最後は声が遠くなる）
ニッキイ　は――はい、クイーンさん。あなた――いかさま占い師さん、動、か、な、い、で。そ――そのまま立っていて！
エラリー　（離れた位置で）なるほど、王子さま、きみはベッドの鉄の脚部の底部を外そうと回し始めたところだったのか。終わりまでできなくて残念だったね。（回してゆるめる音がキーキーと響く）ベッドの脚の空洞を金の隠し場所として使うなんて、ズズはけっこう賢かったのだな。（回す音が止まる）これで外れた。では、中を見てみようか。ちょっとばかり好奇心をそそられるな。小人として見世物になった三十年間に、どれだけの額を貯めることができたのか……

（間を置いて）中は空っぽだ！

ニッキイ　空っぽ？

ジャム王子　金がない？　だが――その脚の空洞になければならないんだ！　ズズ自身が、そこに隠したと、ぼくに言った――

エラリー　（鋭く）ニッキイ、きみはこの男が罪を認めるのを聞いたね！

ジャム王子　（あわてて）いや、いや、ぼくはズズを殺したりはしていない――この部屋にガラガラ蛇を入れたりはしていない！

エラリー　だが、きみは認めるのだろう？　自身の未来を予知する方法をズズに教えたことを。

ジャム王子　そうだ！　そうだが、ぼくは彼女を殺してはいない！

エラリー　そして、ズズは、きみの部屋を訪れている間に、告白したのだろう？　貯金は自分の鉄製ベッドのこの脚に隠したと。

ジャム王子　ああ――高額紙幣で三万ドルを――

エラリー　そして今、その金は消えていた。消えて……（笑い出す）

ニッキイ　（心配そうに）エラリー！　どうしたの？

エラリー　（なおも笑いながら）もちろんそうだ！　金は消えた。それこそが決め手なのだ！

ニッキイ　（当惑して）何の決め手なの？

エラリー　きみにはわからないのかい？　ニッキイ、これが十三番目の手がかりだよ――金の盗難が！

ニッキイ　あなたはわたしの何マイルも先を行っているみたいね。あなたが言いたいことは、ずばり、何なの？

エラリー　ぼくが言いたいことは、たった今、ズズを殺した犯人がわかった、ということさ！

（音楽が高まり……そして挑戦コーナーに）

聴取者への挑戦

エラリー・クイーンはこの時点で、ズズを殺した犯人を突きとめました。彼が推理に用いた手がかりは、すべて、みなさんにも提示されています。続く解決篇でそれが明かされる前に、あなたも推理してみませんか？

解決篇

第九場　同じ場所、少し後

（ドアが開き――話し声が近づく）

警視　（声が近づく）おお、犯人を捕らえたようだな、エラリー！　フリント、明かりをつけろ！（カチッ）（おだやかに）とどのつまりは、おまえだったわけか、王子。（背後でアドリブの声）

ジャム王子　（荒々しく）そうじゃない、聞いてくれ。……ダ・シルヴァ！　そんな目で見るなよ――。ワード！　リビー！
エラリー　お父さん、ぼくたちは、あわれなズズの金を狙ってここに忍び込んだブルックリンの殿下を捕まえました。ぼくが彼を止めたとき、そのベッドの枠の脚を外そうとしていました。
警視　あの小人が自分の金を隠した場所が、そこだったわけか！　札束はどうした、エラリー？　わしは見ておらんぞ！
エラリー　消えていました。ぼくたちは遅すぎたのです。
警視　さっさと出したらどうだ、偽王子。くだらん演技をするんじゃない。おまえはその金をどうした？
ジャム王子　ぼくは盗っていないと言っているじゃないか！
警視　だったら、誰が盗ったというのだ？　おまえがズズの秘密を誰かに話したとでも……（言葉を切る。間を置いて）ちょっと待てよ。あの盗聴器か。エラリー、わしはそもそも――
バイロン　（近づきながら）何があったのかな？　殿下がまた捕まったのかい？　おい、クイーン、おまえさんは疲れないのか？　木の上までこの猿を追っかけて。
エラリー　ああ、神出鬼没のバイロン氏か。バイロン、ぼくはきみに会えてとりわけ嬉しいよ。きみに話したいことが、いくつかあってね――
バイロン　まず先に、こっちがおまえさんに話したいことが、いくつかあってね。今しがた、電話が一本、ここに転送されてきたんだ。一日中、おまえさんの居場所を突きとめようとしていたお方からだ。男の名前は、ディングウェル。気が触れたみたいにまくし立てていたぞ。

エラリー　エラリー！　あなたの講演会のエージェントよ！

ニッキイ　（うめく）何てこった。明日、シカゴで講演をする予定になっていたのを、すっかり忘れていた。ニッキイ、なぜぼくに思い出させてくれなかった？

エラリー　本当にごめんなさい、クイーンさん。今日のこの騒ぎのあれやこれやで、わたしも忘れてしまって。

ニッキイ　もしきみが、こんなやつにうつつを抜かしていなければ――（言葉を切る）この夜中のこの時刻に、ぼくはどうやってシカゴに行けばいいんだ？

エラリー　そのディングバット（いやなやつ）だかディングウェルだかは――名前は何でもいいが――おまえさんのために、ニューアーク空港で飛行機を待たせているそうだ。講演会もだ。考えるだにすごいな。

バイロン　（あわてて）エラリー、急がなくては。

ニッキイ　お父さん、ぼくと一緒に来てください。ニューアーク空港に行く途中のタクシーの中で、事件の説明をします！

エラリー　だが、エラリー――

警視　あなたの部下たちなら、ここで砦を死守してくれますよ。そして……バイロン君――

エラリー　何だい、大先生《マエストロ》？

バイロン　（いかめしく）きみも一緒に来てくれるとありがたい。ぼくがこれから言おうとしてい

エラリー

ることを、きみにもぜひ聞いてもらいたいのだ！

第十場　タクシーの中、すぐ後

（音楽が高まり……疾走するタクシーをイメージした音楽が流れ……そこに車のエンジンの音が割り込む）

警視　だがエラリー、おまえはいつも、単純だと言うがな。わしにとっては、こいつはいつもの混沌だ。

エラリー　これは、ぼくがこれまで取り組んだ中で、もっとも簡単な問題でしたよ、お父さん。純粋な消去法の問題に過ぎません。

警視　ならば消去してみせろ！　ブロードウェイでは、サイドショーにあふれかえる不安に満ちた市民が、わしが戻るのを待っているのだ。

バイロン　（気楽に）そうだ、先に進んでくれ、大先生。おれたちは、そのあら探しに全力で取り組むから。ニッキイ、きみは楽しそうじゃないな。きみの頭をここに――おれの肩に乗せて――

ニッキイ　ミ、ミ、ミスター・バイロン！　わたしの上司が見ているのよ？

エラリー　ああ、ぼくのことは気にしないでくれ。

バイロン　おれたちは気にしていないぜ。

ニッキイ　黙っていて、ビル！　進めてちょうだい、エラリー。
エラリー　では、いいですか。ぼくたちはズズが部屋に現金を隠していたことを知っています──ジャムが本人から聞いたところによると、それは三万ドルらしい。そして、鉄製のベッドの脚の中に隠した、とも。となると、単純に、問題は一つだけに絞り込まれます──「誰がその三万ドルを手に入れる機会を持っていたか？」だけに。なぜならば、何者かがベッドの脚の空洞から三万ドルを持ち去っていたからです。金が消えていたからです。
警視　だがエラリー、その金がいつ奪われたのかを、どうやって特定できるのだ？
エラリー　ぼくがあなたに、どうやるかをお見せしますよ。ズズの部屋は窓が一つしかなく、そこには泥棒防止のための鉄棒がはまっていました。──そして、鉄棒には手を加えた痕跡はありませんでした。部屋の出入り口は他にドアが一つしかなく、そこには特別製の錠がつけられていました。──ぼくの万能合い鍵でも開けることができない特別製でした。一方、ズズが不注意のため鍵を掛け忘れて部屋を出る可能性はありません。なぜならば、ダ・シルヴァがぼくに言ったように、ドアには自動的に鍵が掛かるようになっているからです。かくして、ズズがいない間に寝室に入ることができた者は、あるいは、入ったことがある者は、一人もいないことになります。
バイロン　だが、彼女が部屋の中にいるときはどうなんだ、大先生？
エラリー　バイロン、ぼくを名前で呼んでくれないか？　ぼくは驚かざるを得ないよ。きみのようなまぎれもない才能の持ち主が、その質問に自分で答えることができないなんて。他にも重要な事実があるじゃないか。データの一つは、ショーの仲間に対するズズの態度です――恐怖と疑惑。自らが作り上げた牢獄とも呼ぶべき部屋に彼女が自分自身を閉じ込めていたという事実が、まさにその証拠になっています。彼女の他人を信じない性格は、ショーの他の芸人によって裏付けが取れています。もう一つのデータは、特別製の錠前の鍵が、ズズの首に鎖でぶらさがっていたこと。――彼女は寝るときも外さず、決して彼女の体から離れることはありませんでした。さらなるデータは、演技のとき以外は、ズズは自分の部屋から離れなかったということです。芸が終わるとすぐ、彼女は再び自身の体を部屋に密閉してきました。

ニッキイ　もう一つのデータは、ショーの人たちは、ズズはこの二年間、あの建物から外に出たことさえもない、って断言していたこと。これは、グローガンさんが言っていたわ。ビル、エラリーが正しいわ。

バイロン　だがクイーン、おまえさんは、王子のもとへのズズのささやかな外出を忘れていないか？　彼の部屋に出向いたんだろう？　ズズが自分の金をどこに隠したのかを彼に話したときのことだよ。

エラリー　（そっけなく）いい指摘だ、バイロン。それは真実だ。だが、彼女はそこに長くはいなかったと仮定するのが正しいでしょうね。また、そうでないとしても、状況は何ら変わりません。なぜならば、ズズが外にいる間に部屋に入ることができた者はいなかったということを、ぼくたちは知っているからです――犯人が彼女の鍵の複製を持っていない限りは。こちらについては、グローガンとダ・シルヴァが一週間かかって鍵を彼女から取り上げようとしたが、不成功に終わったという事実があります。

警視　わかった、わかった。わしにもようやく理解できたよ。ズズが部屋の外にいる間は、誰も部屋の中に入ることができなかった。そして、部屋の中にいる間は、彼女が誰も入るのを許さなかった。どちらも間違っておらん。

エラリー　まごうかたなき事実ですよ。裏付ける証言もあります――ズズは誰かが自分の部屋に入るのを決して認めなかったという意味の証言が。思い出してください。ズズはジャムを自分の部屋に招き入れるより、ジャムの部屋に行く方を選んだのです。ジャムは彼女が隠し場所を明かしてしまうほど恐怖心をあおることに成功しました。にもかかわらず、それでもズズは、自室の鍵の掛かったドアを彼に通過させないほど、とことん用心深かったのです。

バイロン　それで、おまえさんの結論は何だ？

エラリー　ベッドの骨組みの鉄の脚――金は、その空洞の中になければならない、ということです――。金はズズの部屋になければなりません――彼女が死んだ時点では！

ニッキイ　でも、エラリー――

エラリー　明白だろう？　ズズが死んだとき、お金が室内にあったならば、それが部屋から盗まれたのは、彼女が死んだ後しかないことは。

警視　筋は通っているように聞こえるな。だが、どうすればそんなことができたのか、わしにはわからんな。

エラリー　「どうすれば」ですって？　自分自身に簡単な質問をするだけでいいのですよ――

「ズズが死んだあと、鉄のベッドの脚から金を盗む機会を持っていたのは誰か？」という。

バイロン　（勝ち誇るように）だが、誰にも機会はなかったぞ！　おれの知る限りでは、部屋は絶え間なく見張られていたじゃないか。おまえさんがあそこでズズが死んだと聞いて、ドアをぶち破った瞬間からずっと。

エラリー　正解だ、バイロン君。絶え間なく見張られていたのだ。そして、その事実こそが、答えを導き出すことを単純きわまりないものにしているのだ。

ニッキイ　（嘆く）わたしは単純に理解できないわ。

エラリー　いいかい、ニッキイ。金はベッドの脚に隠されていたわけだろう。そのベッドの脚から金を取り出すには、脚部を回して外さなければならない。きみは今夜、ぼくがあのベッドの脚を回す音を聞いたね？　どんな音だった？

ニッキイ　ええと、キーキーという、けたたましい音だったわ。

エラリー　その通り！　キーキーというけたたましい音だった。結論――誰であろうが、他人が、部屋の中にいるときは、脚を回して外し、金を取り出すことはできません！　回すときのうるさい音が、犯人がやっていることに注意を向けるからです。実際問題として、キーキーという音がしなかったとしても、ベッドをひっくり返すか、さもなくば、持ち上げてから脚を外さなければならないという問題があります。もし他人が部屋にいたならば――その人の注意を引かずにいることは――不可能なのです。

警視　だが、そいつは事件をさらに難しくするぞ、エラリー！

エラリー　違いますよ、お父さん。こいつは事件をさらに簡単にしてくれるのです。なぜならば、今やぼくたちは、次なる結論を下すしかなくなったからです。ある人物が、注意を引くことなく、ベッドの脚から金を取り出すことができたとすれば……その機会は、その人物が部屋に一人きりでいたときしかありません！

バイロン　（ゆっくりと）だとすると……ずいぶんご立派なセンスを持っているじゃないか、クイーン。おれは、さっきの言葉をあらためて言わせてもらうぜ。誰があの部屋に一人きりだったと言うのだ？　警官や刑事以外は――

警視　刑事だと！（間を置いてから――ぴしゃりと）馬鹿なことを言うな、バイロン。

ニッキイ　でも警視さん、そうでなければならないわ。警官とわたしたち以外は、ズズが死んだあとは、誰もあの部屋に入っていないのだから。その後、あの部屋は封鎖され、ずっと見張られていたのよ――あなたが言ったじゃないの、自分で見張っていたって！　誰も部屋に入っていないって！

警視　（怒って）馬鹿げておる！　わしの部下の一人が犯人だと？　わしは信じないぞ、エラリー！　あいつらは全員、もう何年もわしの班で――

ニッキイ　一人を除いて……（困惑して口をつぐむ）

バイロン　続けろよ――こう言いたいんだろう。バイロン母さんの小さな息子ビルを除いて、と。（笑う）すると、おれは犯罪の容疑者だと考えていいわけだ。

警視　ビル、ナンセンスなことを言うのはやめろ。おまえは、いかなるときも、あの部屋に一人でいなかったじゃないか。エラリー、おまえは間違っている。おまえは間違っていなければならん！

エラリー　（落ち着いて）いいえ、お父さん、ぼくは間違っていません。犯人は探偵でした。ただし、警察に属する公的な探偵ではありません。ズズが死んだ直後の短い時間、あの部屋に一人きりだったことをぼくたちが知っている――私立探偵なのです。……ぼくがニッキイに廊下の連中を見張るように指示し、殺人があったことをあなたに通報するためにダ・シルヴァに電話のある場所まで案内してもらった短時間に……

ニッキイ　（つぶやく）パッキー・グローガン。

警視　グローガンだと！

ニッキイ　（つぶやく）でもエラリー、グローガンさんは、あなたの友人だったと思っていたけど――

バイロン　そうだな、おれは――

エラリー　（きびしく）論理の前には友人などいないのさ、ニッキイ。犯人はパッキー・グローガンです。そうでなければなりません。他の者ではあり得ないのですから。

警視　パッキーか……あのアイルランド人とは十五年来のつきあいだが――

エラリー　私立探偵のほとんどが、その日暮らしの稼業です。パッキーは探偵事務所からこのサイドショーのささやかな盗難事件を割り当てられました。そして、おそらくは、ジャム王子を疑い、盗聴器を仕掛けたのです――。これが、グローガンを指し示すもう一つの手がかりです。一般の人は、普通、盗聴器をどこで手に入れ、どうやって設置するかは知りませんからね。——そして、設置したところ、まったくの偶然で、ズズがジャムに、どこに自分の金を隠したのか話すのを盗み聞きしたのです。彼はその三万ドルを手に入れようとする誘惑に抵抗することができませんでした。

ニッキイ それじゃあ、ジャム王子は、何も関係なかったの?

エラリー もちろん、関係はあるさ。だが、パッキーとではない。王子の計画は、隠し場所を探し出して、どうにかして金をうまく手に入れることでした。彼がそのときどんな計画を立てていたかは——例えば、最後にはズズを殺すつもりだったのかどうかは——ぼくたちは決して知ることはできないでしょう。しかし、パ、ッ、キ、ー、・グ、ロ、ー、ガ、ン、の計画は疑うべくもない。パッキーは、ジャムがズズに新しい占いを——蛇を使った占いを——実行するように指導したのを盗み聞きしました。好機を見いだした彼は、どこかで毒を持つガラガラ蛇を手に入れ、ズズがマダム・リベロから盗み出した無害な蛇を餌か何かで窓の鉄棒の隙間からおびきだし、代わりにガラガラ蛇をズズの部屋に忍び込ませました……。それから、何食わぬ顔で、ぼくたちのアパートにダ・シルヴァと向かったのさ、ニッキイ。ズズが蛇を使った占いを試みるだろうと思いながら、彼女が噛まれて死ぬだろうと思いながら、そして、彼女の死後、自分の探偵としての特別な地位によって、おそらくは部屋に一人きりになり、ベッドから金を盗むチャンスを得るだろうと思いながら。そうです、お父さん、犯人はパッキーなのです。

警視 (きびしく)わかった、犯人はパッキー・グローガンというわけだな。それで、どうする？　またしても証拠がないぞ！

エラリー　申し訳ありません、お父さん。ぼくの仕事は終わりました——ここからは、あなたたちの出番です。

警視　（ぶつぶつと）パッキーはわしらが気づいたとは思っていない。それがこっちの有利な点だ。あやつは盗んだ金をどこかに隠している。となると、気づかれぬように尾行すれば、遅かれ早かれ、わしらをその隠し場所に連れて行くに違いない。証拠となる金を隠した場所に……

バイロン　グローガンがやったとわかれば、そこから先は、簡単な仕事になるな。あいつの過去の行動を調べ上げて、殺人に使ったガラガラ蛇と結びつけることができればいい。ガラガラ蛇はセントラル・パークで見つかるわけではないからな。どこかの場所で、いつかの時点で、手がかりを残しているに違いない。

エラリー　それが正着だね、バイロン。さて、今回は、ぼくを驚かせるような提案はあるかい？

（タクシーが速度を落とす）

バイロン　ないな。若きクイーンは本職に戻ってくれ！（タクシーが停まる）

ニッキイ　空港に着いたわ、エラリー。（タクシーのドアが開く）

エラリー　（降りながら）他の人はニューヨークに戻してくれ、運転手さん……。いや、お釣りはとっておいてくれ。ええと——ニッキイ。

ニッキイ　何かしら、エラリー？

エラリー　行かないか？——ぼくと一緒にシカゴに行かないか？　ぼくが言いたいのは——秘書

としてだよ。この講演ツアーは、なかなか魅力的に見えるし……

ニッキイ　(とりすまして) もちろんです、クイーンさん。職業上のお話であれば――わたしの仕事ですから――

バイロン　おい、ちょっと待て、クイーン。おまえさんの秘書とおれは、明日の夜、デートするんだぜ！

エラリー　(こわばった声で) ああ、そうだった。ぼくは――忘れていたよ。では――さようなら。

(タクシーのドアが閉まり――離れていく)

警視　(声が少しずつ遠ざかる) じゃあな、エラリー！　シカゴに着いたら、わしに電報を打ってくれよ！

バイロン　(同じように声が遠ざかる) それじゃあな、大先生！　おいニッキイ、そんなに離れて座らないでくれ。もっとパパの方に寄って――(二つの笑い声。それが遠ざかっていく)

エラリー　(間を置いて――それから憤慨しながら遠ざかる) ディングウェルは地獄に落ちろ！　シカゴも地獄に落ちろ！　このいまいましい講演ツアーも地獄に落ちろ！　地獄に――

(音楽、高まる)

巻末付録　舞台版『13番ボックス殺人事件』紹介

クイーンのラジオドラマ「カインの一族の冒険」と「13番ボックス殺人事件」が、二〇一九年四月に日本で舞台になりました。舞台化した劇団ピュアーマリーは、リンク&レヴィンソンの「殺しのリハーサル」やクリスティー作品を上演してきましたが、町田暁雄氏のアドバイスで、今回はクイーンに挑んだわけです。私（飯城）もお手伝いをしました。

「13番ボックス殺人事件」の原題は「The Adventure of the Box 13（別題「～ the Foul Tip」）」。この作は半世紀以上前にG・Iの慰問上演用脚本が訳されただけなので、ファンのために、真相まで含めて紹介しましょう。舞台版脚本の採録と写真の掲載を許可してくれた劇団ピュアーマリーに感謝します。

舞台版の脚本は、このG・I上演用脚本とネットで聴ける録音を参考にしていますが、台詞は大幅に変更され、原作ドラマと同じ台詞はないと言ってもかまいません。特に、第一場の事件関係者それぞれの性格と立場を浮かび上がらせる台詞と、第六場の警視の尋問でのやりとりは見事ですが、動機にしか関係していないので、本稿では割愛しました。また、プロットは原作ドラマと同じですが、手がかりや伏線の追加、推理の補足、動機の追加などもあり、ミステリとしても、かなり変わっています。

それでは、紹介に入りましょう。《補》は、私が補った箇所です。

まずは、配役から。

エラリー・クイーン（辻本祐樹）……名探偵
ニッキイ・ポーター（太田奈緒）……その秘書
クイーン警視（秋野太作）……エラリーの父親
ヴェリー部長刑事（笠原竜司）……その部下
チック・エイムズ（近童弐吉）……西部劇のスター
アイリーン（桐生園加）……その妻でダンサー
メリノ（南山光徳）……そのダンス・パートナー
バーニイ（高野晃大）……アイリーンのマネージャー
ヴィンセント（石山雄大）……クラブのオーナー
モンゴメリイ（細見凛佳・田中朝陽）……子供
ダンサー（紫城るい）　司会者（倉田英二）

続いて脚本の紹介に入ります。縮めただけでなく、文字で読むと違和感のある台詞などを直しています。また、G・Iの慰問上演なので、貧弱な音響設備を補うため、司会者がやたら出てきますが、演出の鈴木孝宏氏が「クイーンを知らない観客向けに使える」と考えて脚本にも入れました。「カインの一族の冒険」では、挑戦コーナーのみに登場。

エラリー・クイーン　ミステリーオムニバス
～観客への挑戦～
13番ボックス殺人事件

脚本・保坂磨理子／監修・飯城勇三、町田暁雄

第一場　ナイトクラブ

《補》メリノと女性ダンサーのダンス。続いてアイリーンとメリノのダンス。舞台奥には他の出演者が勢揃い。ダンス後、司会者が登場。

第二場　同じ場所

司会者　いやあ、どうもどうも。皆さん、ようこそアイズクラブ（I's Club）へ。さて皆さん、これから始めますのは、エラリー・クイーン原作の「13番ボックス殺人事件」というお芝居です。殺人事件というからには、これから出てくる登場人物の誰かが殺されるのですが、今日ご来場いただいた皆様には、その犯人捜しをして頂きます。そんなに長くかかりませんから、色々注意しながら見ていてくださいね。頃合いを見て、私が、何人かの方にお聞きしますので、わかった方は挙手して、真犯人の名前と、どうしてそう思ったかを言ってください。当たっていたら、ちょっとしたプレゼントくらいもらえるかなあ。携帯やアラームが鳴ると気が遠く、いや気が散って大事な手がかりを聞き逃してしまいますから、忘れずに切っておいてくださいね。……オーケー。

ではまず、登場人物の紹介をしておきましょう。ここはニューヨークのクラブです。「クラブ」（現代のイントネーションで）ではなくて「クラブ」（昔のイントネーションで）です。一九四〇年代ですからね。今のクラブとまったく違う古き良き時代の、ね！　まず、あちら、（人物紹介中は、それぞれにスポットライトがあたる）たった今、華麗なるダンスを披露してくれたのが、ここアイズクラブのダンシングクイーン、アイリーン。アイズクラブの名は彼女の名前からとっています。そしてあちらが彼女のダンスパートナー、メリノ。このクラブのトップダンサー、マニュエル・メリノです。そして（役者に近づく?）こちらの、今を時めく映画スター、チック・エイムズが、アイリー

ンのご亭主なんですが、夫婦仲はどうもねえ……。チックは元カウボーイで、今は映画スターとして人気絶頂にあります。なので彼は、常にニューヨークから遠く離れたハリウッドで西部劇を撮っていますし、彼女はこのナイトクラブでメリノとルンバを踊っています。お互い好き勝手しているすれ違い夫婦なわけです。そして、そこに座っているのが、このクラブのオーナー、ヴィンセント。そう、アイリーンのためにこのクラブを立ち上げた男。そして、あそこにいるのが、バーニイ。アイリーンのやり手のマネージャーです。

以上がこの殺人事件の関係者なのですが、ここに犯人捜査にあたって、我々を助けてくれる人たちがいます。最初に紹介させて頂くのは勿論この人。推理作家であり、探偵のエラリー・クイーン。そして、こちらが、ニューヨーク市警が誇るリチャード・クイーン警視、何を隠そうエラリーの父親です。こちらのマッチョは、クイーン警視の部下、ヴェリー部長刑事です。そして最後に捜査団の紅一点、エラリーの美しい秘書、私もファンなんです、ニッキイ・ポーター。その他、ちょいちょいワキ役が出て来ます。ボーイやクローク、野球場の売り子、時には歓声・罵声も飛び交う、そういう有象無象はみんな私が演ります。しかしどなたも私を疑っちゃだめですよ。誓って言いますが、私はこの事件には何の関係もありませんから。

さあ、始めましょう……ここはアイリーンとメリノが踊るナイトクラブ。そこへ、西部劇のスター、チック・エイムズがやってきます。（ドアマンになって）いらっしゃいませ、エイムズさん！

《補》続いて事件関係者同士の一幕。ダンサーとして高みを目指すアイリーンは離婚を求めているが、チックは事務所との契約をたてに離婚に応じない。アイリーンだけでなく、マネージャのバーニイやダンスパートナーのメリノ、それにパトロンのヴィンセントにとってもチックは邪魔者なのだ。しかし、マスコミに対しては夫婦円満を装うため、仲むつまじく野球観戦をする計画を立てる。そして当日――

第三場　野球場の入場口

司会者（大声で）入口に向かって下さい。ちゃんと並んで！　この列は予約席の人たちの列ですよ！……ピーナッツ！　ポップコーン！　出来たてのホヤホヤだよ！（ピンスポットがあたり、普通の声で）お分かりでないといけませんが、我々は今、球場に来ているのですよ。（再び大声で）こちらへどうぞ、皆さん……ボックス席の切符はこちらの窓口でお買い求め下さい！

《補》入場口にチック、バーニイ、アイリーン、メリノが集まる。そして、すでに全員分の切符を手配して球場内で待っていたヴィンセントと合流する。

チック　僕達、何番ボックスです？

ヴィンセント　13番だ、チック。こっちだよ。

チック　13番？　また不吉な番号だな！

第四場　ボックス席

司会者　ところで、そのとなりの、14番ボックスの席には誰が来ると思います？　ほら、エラリー・クイーン、ニッキイ、クイーン警視、ヴェリー部長刑事がやってきます。（彼らが歩いて来る）こちらです、クイーンさん、ボックス14番！

エラリー　有難う、（司会者は手を出して立っている）礼は言ったよ。（なお手を出している）ああ。（チップをやる）

司会者　有難うございます、クイーンさん。（観客に）この芝居が済んだら、お返ししますけどね。（と言って下手に退場）

ニッキイ　エラリー、今日野球見物に来たのは、すばらしい思いつきだったわ。警視さん、急に若返ったみたい。

《略》

ヴェリー　それにしても、我々の隣の席にいるのは一体誰なんですかね？　カメラマンが大勢、なんの騒ぎだ？

ニッキイ　（興奮して）映画スターのチック・エイムズです。それからあの女の人、奥さんのアイリーンだわ。それにヴィンセント氏もいます！　百万長者でアイリーンの為にナイトクラブを開いた人です。それから……

エラリー　誰でもいいよ。（野球場に向かって大声で）おーい、早く始めろ！

ニッキイ　アイリーンの方はもう一年越しで、チック・エイムズと離婚したがっているんですって。でも彼が承知しないのよ。彼女は別に恋人がいるの。相手はヴィンセント氏だと言う人もいるし、消息通はマネージャーのバーニイだろう、とも言ってるわ。

エラリー　ニッキイ、今日の僕は、野球に恋しているんだ。つまらないゴシップなんてどうでもいい。

司会者　（小さな子供になって）エイムズさん、エイムズさん、サインしてくれませんか？　エイムズさん、サインして下さい、ね？　僕のスコアカードにサインして、エイムズさん？

ニッキイ　ほら、ファンに囲まれちゃって大変。みんなサインもらうのに必死よ。

エラリー　（イライラして）いったい何なんだ。野球の試合なのか、ハリウッドの宣伝なのか……（しばらく、忌々しそうに隣のボックスを見ている）

司会者　（観衆に）今度は私、案内係です。（案内係になって）押さないで、押さないで！　一人ずつ願います。エイムズさん、あなた、この人たち全員にサインしてあげるおつもりですか？

チック　（威厳をもって）すまない、六人までにしよう、プライベートなんだ。六人！

司会者　エイムズさんは（指で示しながら）サインは六人までと言っておられますよ。

エラリー　六人とはまた、けちだなあ。こんなに大勢いるのに。

ニッキイ　アイリーンは、チックの人気をあまり喜んでいないのね、面白くなさそうな顔をしてる。

エラリー　でも、一緒に試合を観に来るなんておかしいね。もし本当に夫婦仲が悪かったら……

ニッキイ　だから宣伝なのよ、きっと。オーナーやマネージャーらしき人も一緒だもの。

エラリー　どうでもいいさ、（叫ぶ）プレイボール！　頑張れヤンキース！

警視　きれいな女性だな、あのアイリーンという女性は。

ヴェリー　いやホントに。

ニッキイ　ダンサーなんです。でも噂では、なかなかしたたかみたい。

バーニイ　（手をたたいて）さあ、これでサインは終わり。ちょうど六人、約束だ。さあ、どいたどいた！

司会者　ホットドッグ、熱いうちにどうぞ！　アイスクリーム、冷たいソーダ！　はい、冷たいソーダね、お幾つです？

チック　う〜〜（呻いて倒れる）

アイズクラブで全員を紹介

13 番ボックスのエイムズたち

アイリーン　チック！　どうしたの？　チック！
バーニイ　のぼせたんだろう。長旅で疲れてるんだ。風に当ててやろう。
ニッキイ　エラリー！　チック・エイムズが倒れたわ。どうしたのかしら？
ヴィンセント　チック！　一体全体どうしたんだ？
アイリーン　この人の顔！　この人の顔を見て！
警視　（急いで）ちょっと覗いておくか、ヴェリー。
（彼らは隣のボックスへ）
ヴェリー　ちょっとそこどいて。警察だ。道を開けてくれ。
警視　ひどいな、これは。救護室へ。誰か医者を呼んでくれ。ヴェリー、人垣を整理してくれ。

第五場　ボックス席

《補》戻ってきたヴェリーは、チックが殺されたとエラリーに告げる。
エラリー　死因は？
ヴェリー　毒です。プラウティ先生が今診察したところです。チックは殺されたんです。（叫ぶ）このバッターには気をつけろ！　クロバー！　低い球が好きだからな！
ニッキイ　殺された?!　エラリーさん、だから言ったでしょう?!
エラリー　たぶん計画的な犯行だ！　さあ、ヴェリー、詳しいことを話してもらおう。
ヴェリー　え？　ああ、先生のお見立てによると、口から入った毒らしい。だがチックはかれこれ二時間くらいは、何も飲み食いしていない。早くきく毒だそうで、警視は、チックがこの席で自分で飲んだと思っているようですがね。あれ？　何をする気ですか？　エラリーさん？
エラリー　（叫ぶ）皆さん！　皆さん！　ちょっと聞いて下さい！　この札束が見えますか？　試合前に、13番ボックスで、チック・エイムズからサインをもらった方！　持ってきてください。サインした紙を持ってきてくれた人には、五ドル払います。いいですか？　五ドルですよ！　諸君！　さあ取りにいらっしゃい！
ヴェリー　エラリーさん、エラリー！　何をしているんです。
司会者　さて、皆さん、五ドルって……一九四〇年代、ホットドックが十セントくらいですから、五ドルといったら、だいたい今の二万円くらいですかね。（サインをもらったうちの一人になって）こいつはしめた！　はい、持ってますよ。旦那！

エラリー　さあ一人ずつだ、押しちゃいけない。どれどれ。よし、確かに本物だ。はい五ドル。

司会者　おどろきだね、まったく！　有難う！（普通の声）サインより、お金か。こうして数分経つと、エラリーはチックがしたサインのうちの五枚を買い戻していました。

エラリー　さあ、あともう一枚だ。サインは六人まで、と言っていたからね。最後の一枚、皆さんの中でまだ、チック・エイムズのサインを持っている人はいませんか？

警視　（登場して）何事だね、エラリー？　気でも違ったのか？

ヴェリー　ヤンキースとタイガースの大一番の試合が見られなくて、頭に血が上っちゃったんですかね……

警視　いや、そうではない。エラリー、お前また、何を思いついたんだ？

エラリー　聞くところによると、エイムズは口から毒が入ったそうですね。しかし、二時間くらいは、何も飲んだり食べたりしていなくて、しかもこの13番ボックスで倒れた。明らかにサインした鉛筆で殺されたに違いありません。

警視　鉛筆だと？

エラリー　そうです、お父さん。エイムズは鉛筆の先を舐める癖があるんです。そいつは有名なんです。つまり、彼が唯一、口に入れたのは、ファンから受けとった鉛筆だけなんです。

ニッキイ　そうだわ！　さっき私も見ました！（びっくりして）じゃあ、誰かが鉛筆の先に毒を塗って渡したってこと？

ヴェリー　そうか、わかったぞ。犯人は、今サインを持って来た連中のうちの一人というわけだ。おい！　そこの麦ワラ帽を冠ったの！

エラリー　そうじゃない、ヴェリー、反対だ。犯人ならノコノコこんなところに現れたりしない。チックは六人にサインした。ここにはサインが五枚。ということは？

警視　まだ現れていないのが犯人だ、よし。おい、案内係！

司会者　は？

警視　サインをもらった中で、まだ金をとりに来ないやつがわかるか?

司会者　さあ、でも、子供が一人いましたね。男の子が。

エラリー　何だって?

ニッキイ　(笑って)とんでもないわ、クイーンさん。子供ですってよ。

警視　(ムカムカと)話にならん!　事務所に戻って、あの連中に聞き込みだ。

エラリー　いや、お父さん。この殺人事件を解く鍵は、その少年の手の中にあるんですよ。その子を見つけなければ。ヴェリー、君にその役を頼む。

司会者　そこで、ヴェリーは場内アナウンス係へと走ります。

場内アナウンス　(録音)お呼び出しを申し上げます。お呼び出しを申し上げます。13番ボックスでチック・エイムズのサインをもらった少年は、至急、係員に申し出てください。チック・エイムズの六連発拳銃と、カウボーイハット、サイン入りブロマイドをプレゼントします。13番ボックスでチック・エイムズのサインをもらった男の子は、至急、名乗り出てください……(フェードアウト)

司会者　一方、クイーン警視は事務所に戻り、関係者を集め、聞き込みを始めました。今は、妻アイリーンに訊問しています。少年が名乗りをあげるまで、我々は警視の活躍を見るとしましょう。

第六場　スタジアム事務所

《補》警視はアイリーンから愛人の名前を聞き出そうとするが、うまくいかない。そこにヴェリーがモンゴメリイ少年を連れて来る。彼の持っていた鉛筆には毒が塗られていた。

モンゴメリイ　僕、一人で試合を見に来たの。切符を買って、中に入ったところで、知らない人が寄って来て、「坊や、チック・エイムズを知っているかい?」って言うんだ。それで僕、言ったんだよ、「知ってるさ、チック・エイムズを知らない奴なんかいるもんか」って。そしたらその人が、こう言ったんだ。「チック・エイムズが今日試合を見に来るよ、13番ボックスにね。それで頼みたいんだが、このスコアカードと鉛筆を持ってサインをもらってきてくれないか、私はちょっとキマリが悪いから」って。それから「試合が済んだらすぐここにおいで、お礼に五ドルあげよう」って

14番ボックスのエラリーたち

サインを買い集めるエラリー

言ったんだ。それで僕、サインをもらいに行ったんだ。僕、頼まれたんだ！

エラリー　その人はどんな様子だった？　モンゴメリイ君。

モンゴメリイ　ああ、ダブダブのオーバーを来て、帽子を深くかぶって、濃いサングラスをかけてた。

警視　分るだろう？　変装していたんだ。モンゴメリイ君。声はどうだった？　もう一度聞けば、分るかい？

モンゴメリイ　（あやふやに）さあ、僕に話すときには、口にハンカチを当てていたんだよ。それに低い声を出すかと思うと、時々キーキイと高い声を出して、とても妙に聞こえたよ。

《補》ここでエラリーは犯人がわかったと言い、挑戦コーナーに移る。

第七場　挑戦コーナー

司会者　さあ、俳優諸君には一休みしてもらいましょう。さてここで、皆様に挑戦状です。エラリー・クイーンは、どうやら犯人を特定したようです。妻のアイリーンなのか、マネージャーのバーニィなのか、ダンスパートナーのメリノなのか、オーナーのヴィンセントなのか、はたまた別の誰かか少年か？　手がかりは見つかりましたか？　お分かりの方は挙手してください。私がご指名いたしますので、犯人の名前と、なぜそう判断したかを仰ってください。（客席に降りて、観客三人に質問する。）さて、エラリー・クイーンが如何に推理したか。それでは解決編をお届けいたしましょう。

第八場　スタジアム事務所

エラリー　早く試合を見たいので、急いで言いますよ。まず、犯人がモンゴメリイ少年に言ったことを思い出してください。犯人はチック・エイムズが来ることを知っていたし、また、13番ボックスに座ることも知っていたのです。

警視　なるほど！　ならバーニイは関係がない。切符を持っていないことで皆に責められておった。

エラリー　そう、一人を除いてね。つまりエイムズの一行が球場に着く前に、モンゴメリイに鉛筆を渡すことができた人物、みんなの切符も持っているのに、なぜか集合場所ではなく、球場の中で待っていた人物、この球場内で、いや世界中でただ一人、どのボックスにエイムズが座るかを事前に知っていた人物！

警視　ヴィンセントだ。ヴィンセント！　アイリーンの為にあのナイトクラブを開いてやったオーナーだ！

エラリー　そうです。ヴィンセントは早めに到着し、13番ボックスの切符を買いました。そしてモンゴメリイに毒の付いた鉛筆とスコアカードをやり、どこにエイムズが座るかを教えました。それから、一行が来るのを待ったのです。動機は、アイリーンと結婚するため。彼女を独占したかったからでしょう。

警視　なるほど。ヴィンセントが殺ったのは確かだろうが、ヴィンセントもそうするように仕向けられた、とも考えられる。事情聴取した時の印象では、あのアイリーンという女は、男を利用することしか頭にない。チックと結婚したのも、その名声を利用するためで、名前が売れたら離婚するつもりだったのかもしれない。ところが、チックは離婚するどころか、自分を束縛しようとしている。そこでヴィンセントに、『何とかしてくれ』と泣きついた。彼女がヴィンセントを愛しているというのも疑わしいな。ある意味、ヴィンセントもあの女の犠牲者かもしれんぞ。

エラリー　そうかもしれませんね。女性は怖い！

（そわそわと去ろうとしながら）さあ、僕はもう行きます！　大詰めですよ！　お父さん。

警視　なに、試合か！

エラリー　九回裏にまだ間に合います！　ヤンキースのサヨナラのチャンスです！

（一同顔を見合わせる）

警視　ヴェリー、行くぞ。

ヴェリー　はい。

ニッキイ　試合ですか……？

警視　なにを呑気な！　我々は、ヴィンセントを捕まえねば！

（エラリーと、警視とヴェリー、二手に分かれて退場。戸惑うニッキイ。スタジアムに響く「ヤンキースのサヨナラホームラン!!」の歓声）

ニッキー　待ってー、エラリー!!（エラリーを追って退場）

——幕——

解説

飯城勇三（エラリー・クイーン研究家）

一九三九年から一九四八年にかけて全米で放送されたラジオ版『エラリー・クイーンの冒険』は、クイーン自らが脚本を書いた上質の本格ミステリだった。だが、活字化されたものは少なく、この〈論創海外ミステリ〉から出た三冊――『ナポレオンの剃刀の冒険』、『死せる案山子の冒険』、『犯罪コーポレーションの冒険』――で、出来の良い活字化作品は、ほぼ紹介されたと言って良い。しかし、本書では、脚本そのものから直接訳すことによって、過去三冊に勝るとも劣らない傑作脚本集を編むことができたと思う。クイーン・ファン、本格ミステリ・ファンのみなさんに、自信を持ってお薦めしたい。

そして、訳者からは、〈聴取者への挑戦〉が提示された段階で、真相を推理してみることをお願いしたい。どの脚本にも聴取者をミスリードする仕掛けが組み込まれているので、自力で推理した方が――ミスリードに引っかかったとしても、見抜けたとしても――楽しめると思う。なお、本書の収録作はすべて、英語やアメリカ風俗の知識がなくとも解けることを、ここでお断りしておく（理由は後述）。

翻訳の際には、クイーン自身が脚本を活字化したと思われる「エラリー・クイーンズ・ミステリマガジン（ＥＱＭＭ）」版のフォーマットを基本とし、登場人物表や挑戦文や「第〇場〜」といった小見出しを追加した。挑戦文は私が考えたが、脚本にはゲスト解答者への質問が載っていたので、できる限りそれを取り込んでいる。また、各話のタイトルに添えられた惹句は、番組オープニングでのエラリーの台詞を流用している。

脚本には手書きの追加や削除や修正があったが、ほとんどは長さの調整のためと思われたので、採用しなかった。ただし、矛盾の修正や聴取者にわかりやすくするための修正（と私が判断したもの）などは採用している。

では、ここから先は、エピソード別に見ていこう。**真相を明かしているので、本篇を先に読んでほしい。**また、『犯罪コーポレーションの冒険』の「ラジオドラマ版『エラリー・クイーンの冒険』エピソード・ガイド」と重複する箇所がある点をお断りしておく。

見えない足跡の冒険

本作は〈足跡のない殺人〉ものだが、同じテーマを扱った他のミステリと比べても、かなり不可能性が高い。具体的に言うと、

①犯行時刻の範囲が狭い→時間差トリックが使えない。

②被害者が殺害現場に行った時刻が特定されている→逆密室トリック（母屋で殺した死体を離

れに運び込む）が使えない。

③被害者が即死→被害者密室トリック（瀕死の重傷を負った被害者が離れに逃げ込む）が使えない。

④第一発見者がエラリーたち→第一発見者があれこれ細工をするトリックが使えない。

⑤死体のすぐそばに凶器の拳銃があった→遠距離から狙撃するトリックが使えない。

物語の中盤では、警視やニッキイやヴェリーによって、さまざまな仮説が提示されては否定されていく。こういったシーンこそが不可能犯罪ものの醍醐味なのだが、本作では、それを充分に味わうことができると思う。不可能性は、死体発見時ではなく、こういったディスカッション時に生まれるのだ。

そして、実際に使われたトリックは――というと、④と⑤の合わせ技。犯人はエラリーたちに同行し、暗闇を利用して、エラリーたちに気づかれずに凶器を持ち込んだわけである。言われてみれば「それしかない」単純な手なのだが、大部分の読者は、言われるまで思いつかなかったに違いない。読者がこの可能性を思いつかないように、作者が巧みにミスリードしているからである。特に、音だけのラジオでは、〝暗闇〟というのはイメージしにくいため、聴取者は余計に気づきにくかっただろう。仮に、これがテレビだったら、多くの視聴者が「今、スタンリーは何かやったのでは？」と怪しんだに違いない。

しかし、それよりもすばらしいのが、エラリーの推理。クイーン・ファンならば、トリックよりも、「離れの明かりが母屋から操作されていた」という手がかりから不可能状況を解明する推理に感心したに違いない。

しかし、それよりもさらにすばらしいのが、犯人をめぐる状況設定の巧みさ。不可能犯罪ものには、犯人が作者の都合で動いているとしか思えない場合が多いが、本作はそうではない。犯人はとことん合理的に行動しているのだ。小説とは異なり、ラジオドラマではこのあたりが触れられないことが多く、本作も例外ではない。そこで、省略された犯人の思考をトレースしてみよう。

第一のポイントは、犯人には、じっくり計画を練る時間がなかったということ。叔父が離れで告発状を書く前に殺さなければならないが、すぐに後を追ったらロジャーたちに気づかれるし、足跡も残る。となると、母屋からの狙撃しか手段はない。つまり、〝消極的な〟不可能犯罪というわけ。実は、脚本では、エラリーの推理の中にある、「不可能犯罪に見せかけるため」という台詞が削除されていた。おそらく、クイーンかスタッフが、「犯人が積極的に不可能状況を作り出す」不自然さを避けようとしたのだろう。

第二のポイントは、クイーン警視たちの訪問が予想外だったこと。犯人の当初の計画では、ロジャーたちと一緒に、三人で離れに向かう予定だったに違いない。これならば、トリックが見破られたとしても、容疑は分散できるはず――だったが、警視たちの訪問がその目論見を打ち砕いた。警視たちに同行して、何とか離れに拳銃を持ち込むことには成功した。だが、これではトリックが見破られた瞬間に、自分が犯人だと特定されてしまう。

第三のポイントは、警視たちが帰らずに泊まり込んだこと。トリックを隠し通すためには、配電盤の離れのスイッチを「入」にして、離れに延びる電線を切断しておく必要がある。犯人は、警視たちが家の中にいる状態で、この二つを行わざるを得なくなった。

第四のポイントは、犯人が離れのスイッチを入れたときに、警視たちに気づかれてしまったこと。このため、電線の切断もできず、トリックも見破られ——逮捕されてしまったわけである。どうだろうか？　作者が周辺状況を巧みにコントロールして、犯人を「そうせざるを得ない」立場に追い込んでいったのが、よくわかると思う。この巧妙さが、クイーンの本格ミステリの質の高さを生みだしているのだ。

巧妙な点がもう一点。作者は明らかに、ロジャーを犯人に見せようとしている。叔父の会社で働いているロジャーが一番動機がありそうに見えるし、尋問時の反応も不自然だし、何よりも、犯行時刻にロジャーがいた図書室の窓からは、離れの舷窓が見えるからだ。

ならば、「ロジャーが狙撃、スタンリーが凶器の持ち込み」という分業が成り立つか、というと、それはあり得ない。動機から考えると、犯人ではない者が犯人と手を組む理由はないからだ。

本作を読むと、クイーンが不可能犯罪を扱う手際の見事さがよくわかる。トリックを抜き出して分類するだけでは高く評価できないが、ミスリードや推理や必然性という観点からは、高く評価すべきだろう。

不運な男の冒険

クイーンのラジオドラマの基本形は、前作のように、「殺人事件が起きて、容疑者は三人いて

――」といったもの。ただし、このパターンばかりを毎週放送すると、あっという間にマンネリに陥るので、基本形から外れた作品も書かれることになる。

本作は、その「基本形からの外れっぷり」では、トップクラスに位置するエピソード。問題篇だけ読むと、謎解きミステリではなく、ユーモア・ミステリのようにも見える。第二の事件までの「事故を起こすたびに大金を手に入れる男」という物語は、ほとんど落語と言って良い。

そして、その〝落語〟が解決篇で〝本格ミステリ〟に転じ、シーモアが「世界一不運な男」から「世界一幸運な男」に転じる様は、まさに〈どんでん返し〉。驚いた読者はかなり多いのではないだろうか。

また、この〈どんでん返し〉を読者に気づかれないようにミスリードする手際もすばらしい。中でも見事なのは、サイラス伯父も金持ちに見える――ので、動機がないように見える――点。エラリーは警視に「サイラスが金持ちだと言った者は一人もいませんよ」と言い、ニッキイに「きみも勘違いしたのかな」と言っているが、もちろん、これは作者が聴取者に向けて言っているわけである。

なお、本作でも犯人の思考が説明不足なので、ここで補足をしておこう。

犯人サイラスはバートの二百万ドルを手に入れたことでいったんは満足した。だが、時間がたつにつれ、シーモアの六百万ドルも手に入れたくなり、家に呼び戻して殺そうと考えた。キュンメルに毒を入れておけば、いずれシーモアはそれを飲み、世間は、「友人たちから見捨てられた孤独なシーモアが自殺した」と考えるだろう。

だが、家に戻ってきたシーモアはニッキイと談笑し、とても自殺しそうには見えない。その上、警視たちが来訪し、ヴェリーが酒を飲みたがったために、シーモアも（毒入りの）キュンメルを飲むことになった。警視たちの目の前で、この状況でシーモアが毒を飲めば、誰も自殺だとは思わないだろう。強烈なプレッシャーのためサイラスは気を失い、自らが盛った毒で死んでしまった……。うーん、こう考えると、第三の殺人計画からシーモアを救ったのは、ヴェリーの意地汚さということになるなあ。

また、裁判のクライマックスにおけるエラリーの行動は、一九七五〜六年に放映されたテレビ版『エラリー・クイーン』の「慎重な証人の冒険」というエピソードとよく似ていることに気づいた人もいると思う。こちらの脚本は、本叢書の『ミステリの女王の冒険』に収録されているので、ぜひ読み比べてみてほしい。プロデューサーのリチャード・レヴィンソン（一九三四年生まれ）とウィリアム・リンク（一九三三年生まれ）は、このラジオドラマのファンだったらしいので、本エピソードを聴いたことがあったのかもしれない。

この点について、町田暁雄氏に問い合わせてみたところ、以下の回答をいただくことができた。

確かに‼　この流れは、同じですね……。そして、おそらくそれは「慎重な証人」経由で古畑の「しゃべりすぎた男」にもつながっていますね。すばらしい継承だと思います。

余談だが、伯父《アンクル》アブナーの綴りはAbnerで、M・D・ポーストの名探偵〈アンクル・アブナー〉と同じ。となると、伯父《アンクル》サイラスはレ・ファニュの『アンクル・サイラス（Silas）』と同じ綴りだな……と思った人が多いと思う。だが、あいにくと、綴りはCyrus。クイーンはただ単に、名前をA、B、Cとしたかっただけなのだろう。

余談をもう一つ。私が主宰する〈エラリー・クイーン・ファンクラブ〉の例会で本作を出題したところ、問題篇を読んだ二人の会員から「我孫子武丸の『0の殺人』（一九八九年）と同じトリックではないか?」という指摘があった。さて、みなさんの中で『0の殺人』を読んでいる人は、どう思っただろうか。

消える魔術師の冒険

本作も基本形から外れた作品。人間消失ものだが、〈作者が聴取者に挑戦する謎〉が、そのまま作中の〈アヴァンティがスティールに挑戦する謎〉に重なり合う形をとっている。こういった、パズルそのままといった形式を嫌う読者もいるかもしれないが、毎週放送のラジオドラマでは、こういう形式のエピソードもありだろう。また、クイーン・ファンにとっては、後期の〈パズル・クラブ〉シリーズの先駆として見ることもできる。

もう一点、本作には、いわゆる〝悪人〟が一人も登場しない点もユニークだと言える。スティールも、往生際が悪いだけであって、悪人ではない。『犯罪コーポレーション』収録の「善きサマリア人の冒険」のように、クイーンはたまに、こういうエピソードを入れてくるのだ。

その『犯罪コーポレーション』の〈エピソード・ガイド〉では、私はこの作について、「ネヴィンズが『犯罪が起こらないにもかかわらず、シリーズの中で最も巧みに組み立てられたエピソードの一つ』と評価するのも当然と言える傑作――と言いたいところだが、現在の日本の読者ならば、よく似たトリックを用いた作品を読んでいる可能性が高い」と書いている。本作を読み終えたみなさんならば、私に同意してくれると思う。「警官に化けて包囲網から脱出する」というトリックは、怪盗もののドラマや漫画でおなじみだからだ。実際、〈エラリー・クイーン・ファンクラブ〉の例会で本作を出題したところ、ほとんどの会員が見破っている。ただし、「フォーサイスが警官に化けて脱出を手伝った」という推理も多かったが……。

もちろん、他のクイーン作品と同様、本作でも評価すべきはトリックよりも、データ提示とミスリードの手際に他ならない。

例えば、〝早変わり〟を得意とするのはアヴァンティではなくフォーサイスだという点。第一場の最後で、メイミーに「わたしたち、何をしなくちゃいけないの」と聞かれたアヴァンティは、「一晩中、(家から)離れた場所でぶらぶらする。それだけだ」と答えている。この場にはスティールはおらず、仲間に嘘をつく理由はないので、フォーサイスの協力が必要なトリックではないと考えられる。その結果、聴取者の頭から、〝早変わり〟を利用したトリックは消えてしまう、というわけである。

加えて、解決篇でエラリーは、「ぼくたち全員が、この家に住んでいる早変わり芸人のフォーサイスさんの話を聞いたことがあったでしょう」と言っている。おそらく、第三場の直前に聞いたのだろう(聴取者は第一場だが)。しかし、フォーサイスがアヴァンティの共犯者ならば、エラリーたちに早変わり芸の話は絶対にしないはずである。つまり、たとえトリックを見抜いたとしても、フォーサイス共犯説は、正解ではないのだ。

また、「NYPDのライリー」の原文は、「Riley of the New York Finest」であり、「Police」という単語を避けているのも巧い。あいにくと、上手い訳語が見つからなかったため、日本の読者には、余計にわかりやすくなってしまったが……。

ミスリードの観点から注目すべきは、第四場にある「聴取者が期待するに違いないことは——家の中で殺されているアヴァンティが見つかることだろう。もちろん、彼はそうならない。だが、BGMを使ってサスペンスは高めておくこと」という注意書き。この指示により、聴取者は挑戦状の直前まで、アヴァンティが死んだ可能性も頭に入れつつ、物語を聴かなければならなくなる。つまり、消失トリックの解明だけに専念できないのだ。挑戦状まで進んだら読み返すことができる活字と異なり、ラジオというメディアでは、かなり巧い手ではないだろうか。

加えて、アヴァンティの指定した条件が、ことごとくトリックを成功させる要件だったことや、住人全員がヴォードビルの芸人だという設定の巧みさも、読者を感心させたに違いない。

また、このトリックの要《かなめ》は、何人もの警官に建物を見張らせる点にある。スティールの部下や民間の警備会社では駄目なのだ。だが、普通は、犯罪ではない金持ちの道楽に、警官を何人も動員することはできない——はずなのに、アヴァンティは成功してしまう。おそらく、ラジオドラマの世界では、ニューヨークの市民は、「クイーン警視は困った人の味方だ」と思っているのだろう。実際、アヴァンティの依頼など断って終わりにすればいいのに、エラリーを呼んで任せようとしている。この優しさが、市民に信頼される理由なのかもしれない。そういえば、「見えない足跡の冒険」でも、この程度の用件でクイーン〝警視〟が乗り出す必要はなかったのではないだろうか？

警視が小説の「難事件に挑む鬼警視」というイメージから離れた理由は、エラリーたちを、さまざまなタイプの事件に、しかも早い段階で参加させるためだと思われる。おかげでラジオ版の警視が小説よりずっと親しみやすい性格になったことを、小説のファンはどう感じているだろうか……。

タクシーの男の冒険

本作は「ニューヨークの名士がタクシー運転手の仕事中に、五番街の交差点で乗客に殺される」という、ラジオドラマの中でも、いや、クイーン作品の中でも一、二を争う魅力的な幕開きを持つ。その後は、いつもの「容疑者が三人」で、「誰にも殺人が可能」という状況が提示され、「三人の女性の誰がウォーターフィールド氏を殺したのでしょうか？」という挑戦がなされる（脚本に書かれたゲストへの質問は、“Which of the three girls murdered Mr.Waterfield?”）。

だが、聴取者は解決篇で再び驚くことになる。挑戦文に登場する「三人の女性」とは、「ブライス、スコット、マディソン」ではない。「ブライス、スコット、ウォーターフィールド夫人」でもない。「ブライス、スコット、マディソン＝ウォーターフィールド夫人」だったのだ。だから、「犯人はミス・マディソン」という答えも、「犯人はウォーターフィールド夫人」という答えも間違っている。正解は、「犯人はミス・マディソンであり、ウォーターフィールド夫人でもある」なのだ。なぜならば、犯人は自宅では〝ウォーターフィールド夫人〟であり、下宿屋では〝ミス・マディソン〟だったが、殺人を行った場所は、下宿屋から自宅に帰るタクシーの中だったのだから。つまり、犯行現場であるタクシーの中では、犯人は〝ミス・マディソン〟でもあり、〝ウォーターフィールド夫人〟でもあったわけである。

さて、ここまでの私の文を読んだクイーン・ファンは、『中途の家』（一九三六年）を思い出したのではないだろうか。こちらは、ニューヨークとフィラデルフィアで二重生活を送っている人物が、二つの都市の〝途中にある家〟で殺されるという話だからだ。

作者が『中途の家』を意識していることは、解決篇におけるエラリーの台詞でわかる。ヴェリーが「ウォーターフィールドは自分の女房に殺されたわけですな」と言うと、エラリーはこう答えるのだ。「それでは真相の半分だよ、部長。彼はミス・マディソンにも殺されたのだ。彼女は二役を演じていたのだから――二人の双方に殺されたことになる！」と。（なお、このエラリーの台詞は削除の書き込みがあった。おそらく、ラジオの聴取者にはわからないと思ってカットしたのだろう。もちろん、本書の読者にはわかる人が多いはずなので、復活させた。）

本作もまた、犯人の思考が説明不足なので、ここで補足をしておこう。

ウォーターフィールド夫人はかなりの財産を持っているが、夫が管理しているため、自由に使うことができない。そこで、宝石を盗んで、〝自由に使える金〟を手に入れることを思いつく。

夫人はまず、（夫の名前で）盗みを行う二人の女性を雇い、自身も「ウォーターフィールドの部下、ミス・マディソン」と名乗って下宿に部屋を借りる。そして、自分が大きなパーティに招かれるたびに、偽造した招待状を二人の女性に渡し、宝石を盗ませ、分け前を与えた。こういった用で夫人が下宿に行く際は、夫に怪しまれないように、何か用事を作って出かけていた。

犯行当日、「注文したカツラができたので受け取りに行く」という口実で外出した夫人は、カツラ屋でカツラを受け取り、どこかで〝ミス・マディソン〟に変装してから下宿に向かう。

下宿でブライスたちと打ち合わせを済ませた夫人は家に帰ろうとするが、カツラを部屋に置き忘れてしまう。しかも、拾ったタクシーの運転手は――自分を怪しんで後をつけてきた――夫だった。まさかタクシーの運転手が自分の夫だとは思いもしない夫人は、ボロを出してしまう。追い詰められた夫人は、交差点で夫を殺害し、車から逃げ出した――。

夫人からマディソンに変わる（あるいはその逆の）ための着替えや化粧をどこでやったのか、とか、なぜ細身のナイフを持ち歩いていたのか、などの不明点が残るが、おおむねこの流れだと思う。ちなみに、ウォーターフィールド氏は、タクシー運転手という〝見えない人〟に化けて妻を探っていたわけで、なかなか頭が良い。タクシー運転手が夫だと気づいたときの夫人の反応が知りたいところである。

なお、本作では家に電話をさせてもらえないヴェリーの姿が笑いを呼ぶが、これは本人にも責任があるように見える。というのも、第六場でエラリーがヴェリーに書類のチェックを頼むのは、明らかに、家に電話をかける機会を与えるためだからだ。それなのにヴェリーは、馬鹿正直に、頼まれた仕事しかやらなかったのだから。

四人の殺人者の冒険

「消える魔術師の冒険」の解説では、〝クイーン警視は善良なニューヨーク市民に「困った人の味方」だと思われている〟と書いたが、本作では、善良ではない市民には「恐るべき敵」だと思われていることがわかる。ロスたちは、ダモンが警視に尋問されると聞いただけで、「詰んだ」と思い、彼を殺してしまうのだ。

ミステリとして見た場合は、倒叙形式を用いつつ、誰がどのカードを引いたのかを読者には伏せて謎を生み出す手法がすばらしい。法月綸太郎の『キングを探せ』（二〇一一年）の先駆だと言えるだろう。

ただし、〈犯人当て〉として見なければ、本作の斬新さはわからない。クイーン作品には「容疑者は誰もが犯人の可能性がある」というパターンが多いが、真相が明らかになると、実際にはそうではなかったことがわかる。例えば、「見えない足跡の冒険」では、容疑者の三人は、誰もが犯人に見えるが、動機があるのは一人だけで、殺人を決意したのも一人しかいない。残りの二人は、殺意など持っていないのだ。

だが、本作は違う。四人全員に毒の入手機会があり、動機があり、殺意があり、殺《や》る気まんまんなのだ。そして、この四人の中から実行犯を選んだのは、カードの数字。つまり、まったくのランダムだった。まさしく、究極の〝容疑者が同等に怪しい〟犯人当てだと言えるだろう。

そして、その〝同等に怪しい〟四人の中から一人に絞り込む推理も、実にスマート。なぜならば、毒の投与量の手がかりは、「犯人を特定する」ためではなく、「犯人以外を消去する」ために用いられているからだ。

弁護士だからといって、毒の投与量を間違えるとは限らない。だが、ダモン殺しは自分たちの命もかかっているので、医師や看護師ならば、毒薬を受け取ったときに、必ず致死量を尋ねるだろうし、目分量で六グレイン（約〇・四グラム）を盛る能力も持っているし、被害者の絶命を確認するはずである。だから、彼らは犯人ではない。すると、残るのは弁護士しかいない――こういう推理の流れならば、揚げ足は取りづらいだろう。

作者もこの手がかりは気に入っていたらしく、後年の短篇に（かなり変形して）流用している。作者が意識的に流用したことは、以下の二つの引用を比べて見れば、明らかだろう。どちらも、被害者が死んだというデータを手に入れた瞬間に犯人を突きとめた、とエラリーが言っているシーンである。

〔本作〕

エラリー「ダモン・トウィルが死んだ瞬間に、ぼくは（犯人が）わかったのさ！」

〔短篇〕

警視「（被害者が）おれたちの部屋の床にぶっ倒れて死んだとたんに、お前には誰が彼を殺したのかわかったというつもりか？」

エラリー「そうです」

ところで、クイーンの愛読者ならば、本作の設定を読んで、「犯罪コーポレーションの冒険」を思い出したに違いない。こちらも倒叙形式によって、「四人の犯罪者から選ばれた一人が裏切り者を処刑するが、それが誰かはわからない」という謎を生み出しているからだ。「犯罪コーポレーション」は一九四三年六月十日放送で、「四人の殺人者」は一九四〇年六月二日放送。つまり、ラジオドラマのファンは、「犯罪コーポレーション」を聴いて、「これは『四人の殺人者』の二番煎じじゃないか」と思い——まんまと騙されるわけである。うーん、訳す順番を間違えたなあ……。

赤い箱と緑の箱の冒険

「四人の殺人者」と「犯罪コーポレーション」が連携しているように、本作にも連携しているラジオドラマがある。ネタバラシになるので題名は伏せるが、本叢書の〈聴取者への挑戦〉シリーズを読んでいる人なら、ニヤリとしたに違いない。そして、「またこのネタか」と思って読み進めると背負い投げをくらうのも、「犯罪コーポレーション」と同じ。クイーンの〝過去の作品を覚えている人に向けたミスリード〟のテクニックの巧みさに感心するに違いない。

もっとも、過去作を知らなくても、本作は楽しめる。「犯人は色盲なのに、容疑者には色盲の人はいない」という一種の不可能状況は、誰でも楽しめるだろう。特に巧いのは、この不可能状況が、犯人の計画ではなかったこと。犯人は、三人は本物の色盲だと思ってエラリーの推理を誘導したのに、実際は、三人とも正常だったのだ。このときの犯人の心理を考えると、笑いを抑えきれない。クイーンは犯人を特殊な状況に追い込んで異常な行為をさせるのが巧いのだが、本作もその才能が遺憾なく発揮されていると言えるだろう。

しかし、本作には、別のミスリードも仕掛けられている。もちろんそれは、クイーン警視の推理。今回の挑戦状は二段階になっていて、最初の解決では、警視による、〝間違った推理による正しい犯人指摘〟が行われる。そして、エラリーがこの〝推理〟の間違いを指摘するのを聴いた人は、〝犯人〟も間違っていると考え、バート博士を容疑者から外してしまうことになる。〈挑戦状〉を利用した、見事なミスリードと言えるだろう。

加えて、本作には「作者が意図したかどうかわからないミスリード」も仕掛けられている。それは、ミス・ホームズの存在。レギュラーであるニッキイは犯人ではあり得ないが、ホームズはそうではない。実際、本作を〈エラリー・クイーン・ファンクラブ〉の例会で犯人当てに用いた際は、「ホームズはバートの（ちらりと言及されている）娘で、親子で手を組んでエラリーを利用した保険金詐欺を企んだ」という推理をした会員もいた。言われてみると、ホームズがバート博士を紹介するやり方は、かなり強引に見える。しかも、色盲検査では、博士はホームズの持ち物しか使っていない。脚本を読んだ限りでは、ニッキイ役の急病などでホームズに代えたようには見えないのだが……。

これは私の想像だが、ダネイのプロットでは、やはりホームズは共犯だったのではないだろうか。その解決だと、あまりにもあざとすぎるので、リーがカットした、とか。いずれにせよ、「三人の被験者以外に犯人がいる」と考えた聴取者が、バートだけでなくホームズも疑うようにプロットが組み立てられていることは、間違いない。（ちなみに、バートはエラリーに「私はきみの（小説の）大ファン」だと語るが、クイーン中期の傑作にも、同じ台詞を言う人物が登場する。そして、その人物は、自分の息子がエラリーを連れてくると知り、彼を利用した犯行計画を立てるのだ。）

こういったミステリ的な面白さだけではなく、本作は、コメディ・ドラマとしても面白い。三人の被験者とのやりとりは笑えるし、シカトされるヴェリーの姿も笑える。しかし、何と言っても笑えるのは、エラリーを出し抜いたと思った警視のはしゃぎっぷりだろう。犯人と動機は的中させたわけだし、バートを調べれば、盗まれたはずの宝石が見つかる可能性は高いのに……（というか、それを避けるために、バートは「宝石は犯人が郵送した」と思わせようとしたのだろう）。あいにくと、答えが合っていても、それを導き出す推理が間違っていれば正解とはならないのが、クイーン作品なのだ。

十三番目の手がかりの冒険

ここまでの脚本は三十分枠のために書かれたものだが、本作は一時間枠。従って、ミステリとしても、ドラマとしても、さまざまな要素が盛り込まれていて、読み応えがある。

ミステリとして見た場合、最初に提示される謎は、〝価値のない品物〟の連続盗難事件。クイーン・ファンならば、長篇の『悪の起源』や『最後の一撃』、短篇の「いかれたお茶会の冒険」、ラジオドラマの「奇妙な盗難の冒険」などでおなじみの、品物のミッシング・リンク探しを思い出すだろう。ただし、本作の放送日を見るとかなり早く、先行作は「いかれたお茶会」しかない。難易度も手頃で、当時の聴取者の中には、見抜いた人がけっこういたのではないだろうか？……と言っても、私は駄目だったが。

次なる謎は、密室殺人。大したトリックではなく、作者も挑戦状の前に明かしている。もちろん、クイーン・ファンならば、「ホームズものが大好きなダネイが、某短篇にオマージュを捧げたのだな」とか、「毒のある蛇を危険がないと思わせるトリックは、『靴に棲む老婆』の実弾と空砲のトリックの原型だな」とか考えて楽しめるとは思うが……。

ただし、このトリックの要《かなめ》は、犯人が部屋に入ることなくズズを殺害できる点にある。これが、次なる謎で重要になってくるのだ。

その最後の謎は、三万ドルの盗難。犯人の特定に用いるのは〈音の手がかり〉だが、謎の音が聞こえるのではなく、聞こえるべき音が聞こえない、というところが面白い。シャーロック・ホームズ譚の「吠えなかった犬の手がかり」の変形とも言えるが、クイーンはこのタイプの手がかりがお気に入りで、小説には「あるべき帽子がない」とか「あるべきネクタイがない」といった手がかりが登場している。しかも、「音を立てずに金を盗むことはできない」というのは一種の不可能状況なのだが、それが解決篇で初めてわかるというのも、これまたクイーンらしい。

また、これは、ラジオ向きの手がかりでもある。おそらく、放送では、エラリーがベッドの脚を外す際に、けたたましい音がしたに違いない。

しかし、ミステリとして見た場合、本作で最も優れているのは、バイロンを使ったミスリードだろう。私自身は、初読時にバイロンが犯人だと思ったが、おそらく、みなさんの中にもお仲間が多いはずである。

まず聴取者が怪しいと思うのは、「骨折したヴェリーの代わり」という不自然な登場。今後もバイロンがレギュラー出演するとは考えにくいので、本作で退場しなければならない。しかし、彼が犯人でないとすれば、どうやって退場させられるのだろうか?……と思ったが、翌週のエピソード「謎の黒幕の冒険」では、何事もなかったようにヴェリーが復帰し、拳銃を振り回す犯人を素手で制圧している。バイロンはどこへ行ったのだろうか。

聴取者が次にバイロンを怪しいと思うのは、彼がエラリーの推理をくつがえしたとき。エラリーが犯人はジャム王子だと指摘した時点で彼の部屋を調べて盗聴器を発見しているが、これは手際が良すぎる。自分が仕掛けた盗聴器だから簡単に見つけることができたと考えても不思議はないだろう。もっとも、バイロンが犯人なら、エラリーの推理をくつがえさない方がメリットは大きいのだが。

聴取者が何よりもバイロンを怪しいと思うのは、ニッキイに対する態度。バイロンが犯人ではないとしたら、ニッキイは彼とデートをすることになる。このラジオドラマのファンならば、それはあり得ないと考えるだろう。特に、冒頭での二人の会話を聴いた人なら。

と、ここまで聴取者にバイロンを疑わせておいてから、作者は挑戦状を提出。しかし、ミスリードは解決篇に入っても続くのだ。

エラリーは空港に向かうタクシーの中で推理を語るのだが、わざわざバイロンに、「きみにもぜひ（推理を）聞いてもらいたいのだ！」と言って、同行させる。しかも、推理が進むと、犯人は部屋を見張っていた人物の中にいることがわかるのだ。おそらく、問題篇でバイロンを疑った聴取者は、自分の推理が正しいことを確信したに違いない。

だが、その後でバイロンは犯人ではないことが判明。作者のこのミスリードのせいで、ヴェリーは（文字通り）骨を折り、ニッキイは好まないデートをして、エラリーは呪いの言葉をわめきちらすことになる。クイーン作品では、登場人物の気持ちよりも、ミスリードの方が大事なのだ。なお、『ナポレオンの剃刀の冒険』収録の「ブラック・シークレットの冒険」にも、エラリーのライヴァル探偵が登場し、やはりその部分にミスリードが仕掛けてある。放送順は本作が先なので、こちらもその順に訳せば、よりミスリードが効果的だったのだが……。


アメリカで八十年以上前に放送が始まったラジオドラマの脚本集である本書は、みなさんを満足させたと思う。そして、脚本から直接訳した本を出すことができたのは、さまざまな人の協力があったからに他ならない。最後に、その人たちにお礼を述べさせてもらおう。

まず誰よりも、「ellry」というペンネームを持つ、中国の熱烈なクイーン・ファンにして出版者兼編集者兼翻訳者兼評論家にお礼を述べたい。氏は二〇一八年にクイーンのラジオドラマ脚本を直接中国語に訳した本を出したのだが、その脚本を私に見せてくれたのだ。つまり、本書の企画自体が、氏の厚意がなければ存在しなかったと言える。なお、冒頭で私が、どの収録作も「英語やアメリカ風俗の知識がなくとも解ける」と書いたのは、これが理由だった。ellry氏は、中国の読者のため、英語の知識が不要な脚本を選んだというわけである
そして、論創社編集部の林威一郎氏にもお礼を述べたい。氏の尽力がなければ、未活字化脚本の翻訳出版という企画は実現しなかったに違いない。
加えて、「四人の殺人者の冒険」の翻訳を手伝ってくれた谷口年史氏、英語関係のアドバイスをいただいた木村二郎氏、意見を聞かせてくれた町田暁雄氏にも感謝を。
最後に、本書の刊行を後押ししてくれたみなさんに感謝する。『犯罪コーポレーションの冒険』の〈エピソード・ガイド〉で未訳の脚本を紹介し、解説で「刊行までのハードルは高いので、みなさんの応援を期待している」と書いたところ、多くの声が寄せられ、論創社が刊行に踏み切ったからだ。このエピソード・ガイドを読んだ人ならわかると思うが、私が読むことができた脚本はもう一冊分あり、すべてが訳す価値がある。本書の読者には、今度は第五集の応援をお願いしたい。

〔著者〕
エラリー・クイーン
フレデリック・ダネイ（1905〜82）とマンフレッド・ベニントン・リー（1905〜71）の合作ペンネーム。従兄弟同士で、ともにニューヨーク、ブルックリン生まれ。1929年『ローマ帽子の謎』で作家としてデビュー。ラジオドラマの脚本家やアンソロジストとしても活躍。代表作に〈国名シリーズ〉や『Xの悲劇』（32）に始まる〈レーン四部作〉などがある。また編集者として『エラリー・クイーンズ・ミステリ・マガジン』を編集、刊行した。

〔編訳者〕
飯城勇三（いいき・ゆうさん）
宮城県出身。エラリー・クイーン研究家にしてエラリー・クイーン・ファンクラブ会長。〈本格ミステリ大賞・評論部門〉の第11回を『エラリー・クイーン論』で、第18回を『本格ミステリ戯作三昧』で、第21回を『数学者と哲学者の密室』で受賞。訳書はJ・グッドリッチ『エラリー・クイーン　創作の秘密』など。論創社の〈EQ Collection〉では、企画・編集・翻訳を務めている。

消《き》える魔術師《まじゅつし》の冒険《ぼうけん》　聴取者《ちょうしゅしゃ》への挑戦《ちょうせん》Ⅳ
——論創海外ミステリ　269

2021年6月20日　初版第1刷印刷
2021年6月30日　初版第1刷発行

著　者　エラリー・クイーン
編訳者　飯城勇三
装　丁　奥定泰之
発行人　森下紀夫
発行所　論 創 社
〒101-0051　東京都千代田区神田神保町2-23　北井ビル
TEL:03-3264-5254　FAX:03-3264-5232　振替口座 00160-1-155266
WEB:https://www.ronso.co.jp

組版　フレックスアート
印刷・製本　中央精版印刷

ISBN978-4-8460-2019-4
落丁・乱丁本はお取り替えいたします